憧れの騎士様は自宅警備隊!?
お見合いしたら相手が色々こじらせていました

しき
Shiki Presents

JN121950

fairy kiss

この作品はフィクションです。
実際の人物・団体・事件などに一切関係ありません。

憧れの騎士様は自宅警備隊!?
お見合いしたら相手が色々こじらせていました

fairy kiss

1　突然縁談話が舞い込んできました！

空は快晴。

気温も丁度《ちょうど》良く、優しい風が吹く心地の好《よ》い昼下がり。

私は近所に住む男性から貰った素敵な贈り物を手に、庭で洗濯をしていた私付きの侍女――ミモリーの許《もと》へと駆けていった。

「ねぇミモリー、見て頂戴《ちょうだい》！　この鮮やかなピンク色を。それにこの甘く芳醇な香り。素敵だと思わない？」

「まぁ、本当に素敵ですね」

丁度洗濯物を干し終えたところらしいミモリーが手を止め、私が差し出したそれに視線を向けニッコリと笑みを返してくれる。

「そうでしょ？　このピンクから白へのグラデーションも凄《すご》く綺麗《きれい》……」

肯定の言葉を貰って嬉《うれ》しくなった私は更に賛辞の言葉を重ねようとして、ミモリーに手で制された。

「確かに素敵です。素敵ではありますが……仮にも貴族令嬢が領民から貰った生肉を見つめて満面の笑みで素敵とか綺麗とか褒め称えるのはどうかと思います」

先程の笑みとは一転して、頭痛を堪《こら》えるかのように眉間を押さえたミモリーが呆《あき》れ声でそう言う。

その言葉に、私はもう一度自分の手に載っている素敵な贈り物に視線を向けた。

そこにあるのはとても鮮やかな色合いの瑞々《みずみず》しい……生肉。

近所に住んでいる猟師のユミガお爺さんが、私達領主一家で食べるようにとくれたものだ。

とっても素敵な肉……だけど、言われてみれば確かに、年頃の貴族令嬢が満面の笑みで褒め称えるべき物ではないかもしれない。……凄く美味《おい》しそうで良いお肉だけど。

「大体、肉は甘く芳醇な香りなど致しません。生肉なんですから程度の違いはあれど生臭いはずです」

「それはそうだけど……。でもほら、新鮮で処理もしっかりしてある良いお肉だから、肉界《にくかい》の中ではきっと甘く芳醇な香りに分類されるはずよ？」

とても美味しそうなお肉を貰って舞い上がっていたテンションを少し下げつつ、それでもこの肉の素晴らしさを共感してほしくて食い下がる。

「肉界って何ですか、肉界って。まぁ、このお肉がとても良いお肉で美味しそうな事は認めますが、コリンナお嬢様は仮にも貴族令嬢なんですから淑女らしい言動を心掛けて下さい。そんな風では、素敵な結婚相手を得る事が出来ませんよ？」

腰に手を当て、お説教モードに入ったミモリー。

彼女の言いたい事はわかるけれど……。

「きちんと淑女として振る舞ってたって、こんな田舎領地じゃ、素敵な結婚相手なんて見つからないわよ」

何せ、私の父ゼルンシェン子爵が治める領地は王都から遠く離れたド田舎《いなか》だ。

若い貴族女性が結婚相手を見付ける為に参加するという王都の社交パーティーに行くのだって一苦労。

否《いな》。それ以前に、王都で開かれるパーティーに出席できるだけの伝手《つて》がないのだから、頑張って行ったところで無駄足に終わるだけだろう。

もちろん、近所の領地も似たり寄ったりの田舎で、悲しい事に私と年回りが近い男性貴族はいない。

そして、私の父は社交下手だから私の結婚相手を見付ける伝手も多くない。

私も貴族の結婚適齢期に入った十八歳だし、早く相手を探した方が良いのはわかっているけれど……この状況ではあまりいいご縁は期待できないだろう。

本当は私だって、素敵な男性と出会って、物語のような恋がしたいけれど……まず相手がいなくちゃ何も始まらない。

先日読んだ物語の騎士様のような存在は、この田舎に存在しない。

良くて鍬《くわ》を持ったおじ様くらいだ。

世の中は、とても世知辛《せちがら》い。

「……お嬢様」

「せめて、恋まではいかなくても、憧れる事の出来るような素敵な男性との出会いでもあれば良かったんだけどね……」

溜息交じりな私の言葉に、ミモリーの吊り上がっていた眉も次第に下がっていく。

ミモリーだって、私の現状はよくわかっているから、下手に慰める事も出来ないんだろう。

「何処《どこ》かに素敵な出会い、落ちてないかなぁ？」

「お嬢様、貴族令嬢が道端に落ちているような出会いを望むのはどうかと思います」

「……わかっているわよ」

コリンナ・ゼルンシェン。十八歳。

ド田舎の領地に暮らす子爵令嬢。

恋に憧れつつも、政略結婚すら難しそうな現状に置かれた私はまだ、この数日後に届く次兄からの手紙によって人生が大きく変わる事を知らなかった。

＊　＊　＊

「お嬢様、兄君《あにぎみ》からお手紙が届いておりますよ」

その日、私は午後の花嫁修業という名の淑女教育を終えて、紅茶を飲みながら部屋でのんびりと本を読んでいた。

ちなみに、花嫁修業と言ってももちろん結婚の予定は全くないし、教えてくれるのもお母様という事で、私にとってはあまりやる気が出ない時間だ。

それでも、いつか来るかもしれないお見合いやパーティー参加のチャンスの為に、恥をかかないようしっかりと勉強をしておかないといけないのだから、憂鬱《ゆううつ》な事この上ない。

具体的に『〜の為に』という明確な目標でもあればまた気分も違うんだろうけどね。

そんな時、新しいお茶を取りに行って帰って来たミモリーが私に一通の手紙を差し出してきたのだ。

「お兄様から？　ジミールお兄様から……なわけないわよね。さっき一緒に昼食を食べたばかりだし、用事があるなら手紙なんて書かずに直接言ってくるはずだもの。もしかして、フールビンお兄様から？」

ミモリーが頷くのを確認しながら手紙を受け取る。

宛名には私の名前が、差出人の所には次兄のフールビン・ゼルンシェンの名が記入されていた。

「フールビンお兄様が手紙を送ってくるなんて珍しい……というか、王都に行ってから初めてじゃないかしら？」

私には兄が二人いる。

一人はゼルンシェン家の跡取りとして、王都の学校を卒業した後、家に帰ってきて父に付いて領地経営を学んでいるジミールお兄様。

もう一人が一昨年王都にある騎士学校を卒業し、そのまま王宮に就職して、現在も王都で騎士として働いているフールビンお兄様だ。

今回はどうやら、そのフールビンお兄様が手紙を送ってよこしたらしい。

「いつもなら、王都からここまで手紙を送るのにも結構お金が掛かって勿体《もったい》ないって言って、頼んでも手紙なんてくれないのに、何か大切な用事でもあるのかしら?」

フールビンお兄様が騎士学校に入学した時も、王都での就職が決まったと報告に帰ってきた時も、私と両親は会えなくなるのが寂しくて時々お手紙を書いてほしいと頼んだ。

そうしたら……「学生は金がないんだ」「騎士と言っても新人の給料はそんなに高くないんだから、頻繁には無理だ」と言われてしまった。

結局その後、フールビンお兄様から手紙が届いた事は一度もない。

たまに帰省するフールビンお兄様曰《いわ》く、手紙を送らないといけないような用件が今のところ一つもないのだとの事。

まぁ、寂しくはあるが、お金は大事だ。正直、別れの寂しさやその場の空気で「手紙を送って」とは言ったものの、私も両親も冷静になってみれば、「確かにお金が勿体ないね」「そのお金を貯めて帰ってきてくれた方が良いね」と考え直した。それに、帰省した時にはいっぱい色々な話を聞かせてくれるから、文句は言わないようにしている。

そんな風に何か重要な用事がない限り手紙なんて書かないはずのフールビンお兄様が送ってきた手紙。

少々読むのが怖いけれど……だからと言って放置も出来ない。

見覚えのある字で封筒の表に記された自分の名前をジッと見つめ、軽く深呼吸をする。

ミモリーが差し出してきたペーパーナイフを受け取り、そっと封を開け中身を取り出し、そこに綴《つづ》られた文字へと視線を走らせた。

「……え？」

その内容に、思わず目を見開く。

「えぇ!?　ちょっと待って!!　これって……これってもしかして!?」

一度、サラッと流し読みした手紙をもう一度凝視しながら読み直す。

何度も何度も読み直す。

それでも内容は変わらない。

……と、いう事は。

「ミモリー！　やったわ!!　フールビンお兄様が縁談の話を……ついでに社交パーティー参加の話を持ってきてくれたみたいよ!!」

自分の顔にパーッと満面の笑みが広がっていくのを感じる。

私が手紙から視線を外した先、ミモリーも驚いて目を見開いている。

「上司の方からの紹介……というかお願いで、一度先方とパーティーで顔合わせをしてほしいんですって！　だから、私の分の旅費はその上司の方が持ってくれるらしいのよ！　これで何の心配もなく王都に行けるわ」

パーティーへの参加権だけでも嬉しいのに、その上、お相手の紹介と旅費付き。

何といういたれりつくせり。

これだけの待遇だと反対に、「相手の方に何か問題でもあるのかな？」と不安に思う部分もあるけれど、フールビンお兄様の手紙には何度も「ちょっと変わった人だし、顔合わせだけして、嫌だったら後で断っても大丈夫」という言葉が書いてある。

ちなみに、本当に『ちょっと変わってる』程度の問題だったら特に気にはしない。

だって、言い換えれば『個性のある方』って事だもの。

これがかなり年上とか、借金があるとか、嗜虐嗜好《しぎゃく》があるとかだったらさすがに悩む……というか会う前にお断りしたいけれど、フールビンお兄様が書いて下さった情報にはそういった気になる点はない。

年齢だって二十四歳と少し年上ではあるけれど、私的《わたしてき》には問題のない範囲だ。むしろ、大人の包容力なんかもあって良いかもしれない。

正直、こういう流れでの縁談だとハズレの可能性が高いと思ってるけれど、会ってみて嫌なら断ればいいだけの話だ。

そう考えると、たとえ縁談自体が上手《うま》くいかなくても、王都に旅費を掛けずに行けて、尚且《なおか》つ社交パーティーにも出られ、別の相手を探すチャンスまである状況はかなりお得だろう。

フールビンお兄様の顔も潰さずに済むしね。

「お嬢様、やりましたね！　ではすぐにでも旦那様にお話をしなくては」

「そうね！　パーティーまでの日数は……まだ多少あるけれど、ここから向かう事を考えれば、あまり余裕があるとは言えないものね。お父様に言ってすぐにでも準備を始めなくちゃ‼」

やっと巡ってきたチャンス。

逃すわけにはいかない。

グッと拳を握りしめ気合を入れて、私はお父様の書斎へと走り出した。

「お嬢様！　貴族令嬢が廊下を走ってはいけません！」

後ろから聞こえてくるミモリーの注意を聞き流して走る私の足取りは、今までにないほど軽かった。

＊＊＊

お父様とお母様にフールビンお兄様からのお手紙の内容を伝え、大急ぎで準備をして馬車を走らせる事、一週間。

馬車の窓から外を見れば、今まで見た事がないほど沢山の建物が立ち並び、人が行き交っている。

長時間馬車に乗り、お尻の痛みに耐え続けやっと着いた王都は、私の目にはとても輝いて見えた。

我がゼルンシェン領とは比べ物にならないレベルの街並みに、「ここが王都か」と圧倒されつつも、私の心は今までにないほど弾んでいる。

「良いですか、お嬢様。ゼルンシェン領とは違い、王都には大勢の貴族の方がいらっしゃいます。くれぐれも、くれぐれも！　はしたない行動はお取りになりませんように。恥を掻くのはコリンナお嬢様なんですからね！」

明らかにはしゃいでいる私を見て不安になったのか、この旅が始まってからもう耳にたこが出来るくらい聞かされたお小言をまた言い始めたミモリーに、少しうんざりしつつも改めて気を付けないとなぁと思う。

ゼルンシェン子爵家は田舎にある為、いい意味でも悪い意味でも領民との距離が近い。

父や上の兄――ジミールお兄様が頑張って領民の為に働いているので、領主家としてそれなりに敬ってはもらえているけれど、関わりとしては比較的ラフなものだ。

それに慣れ切っている私としては、都会の貴族のように『貴族らしい振る舞い』を当たり前のように行うという事はかなり苦手である。

もちろん、貴族令嬢としての教育は受けているから、やり方がわからないというわけではないけれど……気を抜くと素が出てしまう。

常に気を張ってるつもりはないけれど、使い分けが肝心だろう。

「わかってるわよ、ミモリー。折角王都に来て、社交パーティーにだって出られるんだから、恥だけを掻いて帰るなんて事はしない……ように頑張るわ」

「お嬢様……。くれぐれもよろしくお願いしますよ」

語尾に不安が滲んでしまった私に、ミモリーが呆れを滲ませた溜息を吐《つ》きつつ釘を刺す。

ちょっとお小言が多いのが玉に瑕《きず》だけれど、彼女の言葉は私の事を思ってくれているが故のものだ。

だからこそ、今回のような急な王都への出発やパーティー参加にも文句一つ言わずに、時間をやり繰りして準備し、付いて来てくれているのだろう。素直に頷いて、感謝しなくてはいけない。

「確か、このままフールビンお兄様が借りているお家《うち》に向かうのよね？」

「そうですよ。事前に本日王都に着く事はお手紙で伝えてあります。フールビン様もお仕事をお休みにしてご自宅で待っていて下さるとの事でした」

そういえば、騎士の仕事はシフト制だから多少の融通は利くって言ってたっけ？

独身で恋人すらいない為、休みの日の予定がほとんど入っていないお兄様は、よく他の騎士様に勤務の交代を頼まれる事があるって言ってた。

……我が兄ながら、何だか虚《むな》しいわね。

折角王都に暮らしていて、人気のある王宮勤めの騎士なんてお仕事をしているのだから、早く恋人の一人でも作れば良いのに。

まぁ、今回に至ってはきっといつも勤務を代わってあげている誰かにお兄様の方が交代してもらったという事だろうし、そのお陰で慣れない土地でお兄様の帰りを待つ事にならずに済んだ私としては、良かったと思わないといけないわね。

「フールビンお兄様とお会いするのも久しぶりだし、楽しみだわ！」

再び、視線を外に向ける。

早めに荷物整理が出来たら、お兄様に王都の案内をしてもらうのも良いかもしれない。

何処からかお兄様の「お前は長旅の後なのに元気だな」という苦笑交じりの声が聞こえたような気がしたけれど、確実に空耳だから気にしない事にして、今後の予定をあれこれと考える事にした。

お兄様の家は王都の貴族街のはずれの方にあった。

一つの建物の中に複数の人の家……というか個人持ちの部屋が入っているらしい。

うちの領地のような土地が有り余っている田舎ではあまり見ない構造だが、人がそれなりに集まっている地域ではよくある形式らしい。領地から出た事がない私からしたら、ちょっと新鮮だ。

「よく来たね、コリンナ」

ミモリーがその建物を管理している人に声を掛け用件を伝えると、すぐにお兄様を呼んできてくれた。

小走りに迎えに出て来たお兄様は、満面の笑みで私にハグをしてくれる。

「お久しぶりです、お兄様。お元気でお過ごしでしたか？」

私もハグを返しつつ笑みを向ける。

「あぁ、もちろんだ。コリンナも変わりなさそうで良かった」

挨拶代わりのハグを終え、少し体を離してサッと私の全身を視線で確認したお兄様が、ホッとした表情で頷く。

「さぁ、中に入ろう。長旅で疲れただろう？」

御者やミモリーに荷物を運び込むよう指示しつつ、私を家へと招き入れる。

建物の中を進み、ある番号の書かれた扉の前で立ち止まったお兄様が、「ここが俺の家だよ」と言って扉を開けた。

どうやら、ここから先がお兄様が借りている区画らしい。

扉には鍵穴がついているから、家を出る時や寝ている時等には鍵を掛けておけば、他の人は入ってこられないという事なのだろう。

「ここがお兄様のお部屋なんですね」

入ってすぐに部屋全体を見回す。

使用人を付けずに一人で暮らしているはずだけど、思いの外《ほか》片付いている事に少し驚いた。

「コリンナも王都にいる間は我が家だと思ってくれていいよ。俺は使用人を連れてきていないから今は使っていないけれど、この部屋は一応貴族用の物件だから、使用人用の部屋もあるんだ。ミモリーはそっちを使って、コリンナはこっちの客間を使ってくれ」

お兄様に案内されて家の中を軽く探検する。

その間に、ミモリーと御者はお兄様の指示通り、私の荷物を客間へ、ミモリーの荷物を使用人用の部屋へと運び込んでいる。

部屋をひと通り見て荷物の運び込みが終わった段階で、ミモリーにお茶を淹《い》れてもらい一息つく事にした。

「それでお兄様、お手紙の件ですが……」

気持ち的には王都見学の話をしたいところだけれど、件《くだん》のパーティーは明後日《あさって》に迫っている。

一応こっちが本題だから、先に話を振った方が良いだろう。

「ごめんね、コリンナ。俺に姉妹がいると知った騎士団長にごり押しされてしまって断れなかったんだ。あの人、強引なところがあるから」

お兄様が苦笑いを浮かべて話す。その時の事を思い出したのか、何処か疲労感が滲んでいる。

どうやらお兄様も都会の荒波（？）の中で苦労されているようだ。

それにしても……。

「お手紙には断っても良いと書いてありましたが、そんな強引な方、しかも騎士団長様からの縁談をお断りしても大丈夫なんですか？」

正直、不安。

断ってもごり押しして、最終的に逃げられずって可能性もあるかもしれないという事ではないだろうか？

或いは、断る事は出来てもフールビンお兄様の立場が悪くなるとか……。

まだ断るかどうかなんてわからないけれど、もし『絶対に無理！』ってレベルの人を押し付けられたら、私の人生はお先真っ暗だ。

もしお兄様が頑張って先方の言葉通りに断りを入れてくれたとしても、今度はお兄様の人生に暗い影が落ちてしまう。

考えただけでも嫌な未来しかイメージできない。

「あぁ、それは大丈夫だよ。あの人は多少強引なところはあるけれど、本当に嫌がる事を無理強いしたりしないし、今回は本当に駄目元でお試しって事だから」

顔を青くして不安がっている私に対し、お兄様は安心させるように笑みを浮かべた。

それに少しホッとして、気付かない内に詰めていた息をゆっくりと吐く。

……それにしても、駄目元のお試しって、それはそれでどうなんだろう？　ちょっと軽すぎやしないだろうか、騎士団長様。

「俺の所属する王宮警備を担う第二騎士団の騎士団長は、余計なお節介レベルの世話焼きでね。悪気はないんだけど、少々強引に物事を進めようとする性格なんだよ。……喧嘩真っただ中の夫婦の仲裁やら、女性慣れしてない騎士を女性が大勢いるタイプのお店に連れて行ったりね」

「それは何と言いますか……」

人によって毀誉褒貶《きよほうへん》分かれそうなタイプですね。

実際に迷惑がる人も絶対にいるだろうし。

「上手くいけば良いんだけどね、もちろん失敗して火に油……なんて事もしょっちゅうで。……その度に下っ端の俺が駆り出されてフォローに回ったり、謝りに行ったり。何度迷惑を掛けられた事か……」

お兄様が遠い目をした。

心なしかいつもより目に光がない気がする。

……やっぱり、都会で苦労をされてるんですねお兄様。ご愁傷様です。

「まぁ、俺の苦労話は置いておいて。とにかく、強引な事はするけれど、本人は良い事をしているつもりなだけだから、きっぱり『嫌です！』と言い切ればちゃんと納得してくれるし、後に引きずるタイプでもないから大丈夫だよ」

「なるほど。ではお手紙にあったように、断っても？」

「問題ない。残念がりはするだろうけれど、納得はしてくれるさ。今回は、いつまで経《た》っても女性との浮いた話の一つもないあの人の事を心配して、少しでも切っ掛けになればって理由で話を進めてきただけだから。……妹を紹介しろと言われた俺としてはいい迷惑だけどね」

渋い顔はしているけれど、お兄様の口調から察するに上司の騎士団長様との関係はそう悪いものではなさそうだ。それならば、安心しても大丈夫だろう。

「お兄様、お相手はどのような方なのですか？　お手紙にはあまり詳しい事は書かれていませんでしたけど」

そうなってくると、お兄様が『あの人』と称した私の縁談相手の事が気になる。

年齢とか騎士をしているとか簡単な事は手紙に少し書かれていたけれど、お名前やどのような性格か等は書かれていなかった。

今のお兄様の口ぶりからすると、相手の方についてもある程度は知っていそうな感じがするのに、何故だろう？

「あ〜、一言で言うとやはり少し変わった人？　で、気難しいところ？　があるというのが正しいかな」

何故、語尾に疑問符付けているのですか、お兄様。

「まぁ、見た目は良いと思うよ。仕事は第六騎士団の騎士団長だ。年齢は手紙にも書いたけれど、二十四歳でそこまで上でもない。それ以外の情報は……悪いが、俺の方の騎士団長に変な先入観を抱かせず会わせろと厳命されていて言えないんだよ。悪い人ではないけど……結婚向きではないと思うし、無理はしなくていいからね？　断って良いからね？　むしろ断る事を推奨するよ？」

お兄様、今思い切り先入観を植え付けようとしていらっしゃいますね？

地位良し、年齢良し、容姿良し（お兄様評価）なのに、何故そこまで断るよう勧めてくるのでしょうか？

反対に気になるのですが……「厳命された」と言ってるぐらいだし、これ以上聞いても無駄なんだろうな。

「わかりました。ではお会いして判断したいと思います。断っても良いんですものね？」

「ああ、もちろん断っても大丈夫だよ。悪いけど、そうしてくれるかい？」

私が追及してこない事にホッとした様子のお兄様。

本当にまずい状況であれば、家族思いのお兄様はきっと上司の言葉より家族である私の方を優先してくれるはずだから、きっとこれで良かったんだろう。

「当日は、俺がエスコートするから、何か困った事があったら遠慮なく言ってくれ」

「有難《ありがと》うございます。しっかりと頼らせていただくつもりなのでよろしくお願いしますね、お兄様」

もし、縁談を断る事になったら、お兄様にお知り合いの騎士の中から良さそうな方を見繕《みつくろ》ってもらい、紹介していただこう。

お兄様も貴族同士の付き合いはそんなに得意じゃなさそうだけれど……王都で働いている以上、きっとお父様よりはましだろう。

もしかしたら、騎士仲間だけじゃなくて、他にも良い伝手を持っているかもしれない。

ここはお兄様の言葉を拡大解釈して、是非ともしっかりガッツリ頼らせていただこう。

ニッコリと笑みを浮かべると、私の思惑なんか想像もしていない様子で、普段通りの穏やかな笑みを返してくれる。

結構苦労している様子のお兄様には申し訳ないけれど、可愛《かわい》い妹の為だと思って頑張ってもらおう。

2　いよいよお会いします。

「よし。これで完璧です」

複雑に編み上げた髪にお母様からお借りした髪飾りを付け終えたミモリーが、鏡越しに満足そうな笑みを向けてくる。

今日はいよいよパーティー当日だ。

気合が入りまくったミモリーの手によって、午前中から始まった身支度。

それが今、遂に終わった。

ミモリーが支度を始めると言ってきた時は、パーティーが始まるのは夜からなのに、何をそんなに準備をする事があるんだろうと思っていたけど……現在出発三十分前。

遅れないように余裕を持つ事を考えれば、丁度良い時間になっている。

要するに、私の予想を大きくはずれて、本当にそれだけ時間が掛かったという事だ。

ミモリー曰く、「貴族令嬢のパーティー支度なんてこれぐらい掛かって当然です」との事だったけれど、今までちょこっと近所の領主宅にお邪魔してお茶をしたり、パーティーとは名ばかりのささやかな集まりに参加した程度の経験しかない私としては、こんな本格的なパーティー支度は初めてで正直戸惑う。

いや、戸惑うというよりも疲れたという感想の方が上なんだけどね。

「お綺麗ですよ、お嬢様」

ミモリーの言葉につられて、鏡に映った自分の姿を再度確認すると……確かに時間を掛けただけの価値はあるかもしれない。いつもの三割増しくらいには綺麗な気がする。

否。そうでないと私とミモリーの労力が報われない。きっとそれぐらいには磨きが掛かっているはずだ。

「有難う、ミモリー。私、こんなにお洒落《しゃれ》したの初めてよ」

ニッコリと笑みを浮かべると、ミモリーも嬉しそうに笑う。

「後は、お兄様が支度を終えて部屋に迎えに来るまでの間、この状態をキープできれば完璧ね！」

フールビンお兄様は、今、仕事で王城に行っている。

今日開かれるパーティーは王家主催のもので、当然王城で行われる。その為、王城警備を主な職務とするお兄様の隊はとても忙しいのだ。

本来であればお兄様は仕事に行っているはずだったのだけど、今回は上司公認……というか、むしろ上司命令による妹のお守《も》りがある為、夜は担当を外してもらっている。

その代わり、パーティー前の事前準備には駆り出されていた為、つい先程大慌てで職場から戻られ、今はご自身の支度にてんてこ舞いしている。

だから、私はお兄様にお借りしている客間でただ大人しく待っているしかない。

「……お嬢様、その状態をキープしないといけないのは、『フールビン様が迎えに来るまで』ではなく、『パーティーが終わって馬車に乗るまで』ですよ」

「あ、そうだったわね」

言われてみればそうだ。

お兄様のお迎えはあくまでパーティーの始まる序章のようなもの。

本番は、パーティー会場に着いてからだ。

無事出発できたってだけで満足していてはいけない。

「お嬢様、本当にくれぐれもよろしくお願いしますね？　会場には私はついていけないのですから、フールビン様の言う事をよく聞いて、きちんと淑女らしく振る舞って下さい」

「淑女らしく……ね。わかってるわよ」

余程私の事が心配なのだろう。今日の支度の間もミモリーは不安そうな様子で何度も私にそう言ってきた。

一応お母様による淑女教育はそれなりにパスしてきているというのに、全く信用がない。何故だろう？

「会場には、沢山美味しそうな食べ物があるかと思いますが、あまり食べ過ぎてはいけませんよ？食べて一口二口程度ですからね？　もちろん、飲み物も会話の間に軽く口を湿らす程度ですよ？」

「……え？　食べちゃいけないの？　飲み物も？」

ミモリーの言葉に衝撃を受ける。

王家主催のパーティーだ。きっと美味しくて豪華なものが沢山出るだろうと楽しみにしていたのに。淑女教育でも食べちゃいけないとは言われなかったのに。

「普通の貴族令嬢程度に少し摘まむくらいなら問題ありませんが……普段お嬢様が召し上がっているほどには食べてはいけません」

「それだとお腹空《なか》かない？」

美味しい料理を目の前にして摘まむ程度って、どんな拷問だろう。

折角、料理を堪能しようと思ってお昼も少なめにしてお腹を空かせておいたのに。

「ですから、先に少し召し上がっておくようにと、先程軽食をお出ししたんですよ」

「え!?　あれってそういう事だったの!?」

言われてみれば、ドレスを着こむ前にミモリーお手製の一口サンドイッチを勧められた。

パーティーの料理を食べる為に泣く泣く我慢したというのに、「会場では食べられないから」という意味だったとしたら、もう後悔しかない。

「い、今から食べ……」

「折角旦那様が買って下さったドレスを汚すわけにはいきません。その格好での飲食はご遠慮下さい」

慌ててさっき諦めたサンドイッチを食べたいと訴えたら、即却下された。

そりゃ私だって、我が家にしてはお値段お高めのドレスで上手に食事を取る自信はなかったけどね。

でも空腹を満たす事だって重要だと思うのよ。

「ひ、一口だけでも……」

「諦めて下さい。パーティーからお戻りになった際には、夜食をご用意しますから」

「そ、そんなぁ……」

一番の楽しみだった食事を取り上げられ、しょんぼりする。

そんな時、扉をノックする音が部屋に響いた。

「コリンナ、支度は済んでいるかい？　そろそろ出発するよ」

扉の向こうからお兄様に声を掛けられた。こうなってしまっては、もう食べたいと粘る事も出来ない。

「……もう済んでおります。今、参りますわ」

恨みがましい視線をミモリーに向けたけれど、彼女は涼しい顔をして華麗にスルーしている。

渋々ミモリーに扉を開けてもらい部屋を出ると、パーティー用の少し派手めな騎士服を身に着けているお兄様が待っていた。

雰囲気が何処となく頼りない……もとい優し気なお兄様だけど、本職の騎士なだけあって、体はそれなりに鍛えているせいか思いの外、似合っている。

「うん、俺の妹はやはり可愛いね」

私の格好を見て、ニッコリと笑って褒めてくれるお兄様。

「有難うございます。お兄様も格好いいですわ」

もちろん、私だってそこは空気が読める。パッと見て感じた感想をそのまま伝えたりはしない。

「それじゃあ、行こうか」

「はい！」

エスコートの為に差し出してくれた手に自分の手を重ねて元気良く返事をした。

こうして私達はパーティーへと向かった。

＊　＊　＊

「うわぁ、素敵！」

会場に入っての私の第一声はそんな言葉だった。

色とりどりに着飾った貴族達が会場に溢れ、シャンデリアの光がそこかしこをキラキラと照らす。

今までの狭かった自分の世界が一気に開《ひら》けるような、そんな煌《きら》びやかな世界。

既に会場では様々な人達がグラス片手に談笑をしていて、その雰囲気をより良いものにする為か、静かで穏やかな演奏が常に流れ続けている。

これが都会の社交パーティー。

田舎貴族のパーティーとは比べ物にならない。

もちろん、あれはあれでいいところも沢山あるんだけどね。……ご飯をそれなりに食べられるところとか。

ミモリーが言っていた通り、都会の貴族は美味しそうに並んでいる食事にはほとんど見向きもしていない。手に持つグラスも、「それは装飾品か何かですか？」と聞きたくなるぐらい、口を付けていない。

……あぁ、これは本当に食事は味見程度で我慢しないといけないやつだ。

でも、まぁ、憧れの都会のパーティーに出られた上に、もしかしたら未来の旦那様とも出会えるかもしれないというなら、空腹ぐらい気にならな……気にはなるけど、我慢できる！

「気に入ってくれたみたいで良かったよ。パッと見た感じ、まだ先方は来ていないみたいだから、悪いけれど俺の仕事の関係者への挨拶回りに付き合ってくれるかい？」

申し訳なさそうな顔で言うお兄様に笑顔で頷く。

お兄様の仕事関係者。

もしかしたら、そちらの方面にだって出会いのチャンスがあるかもしれないし、こちらとしては大歓迎だ。

それに、私はわかっている。

お兄様がそうやって私を連れ回すのは、慣れない場に私を一人取り残す事を心配してくれているからだって。

それに文句を言うほど、私は馬鹿じゃない。

「さぁ、行きましょう！　私、お兄様に恥を掻かせないように頑張りますわ！」

「有難う、コリンナ」

私とお兄様は手を取り合い、パーティー会場をあちこち歩き回りながら、お兄様の知り合いを見つけては挨拶をするという事を繰り返した。

どれぐらい、時間が経った頃だろうか。

騒《ざわ》めき……というほど大きなものではないけれど、入場口付近で少し違和感があるといった程度の微妙な雰囲気が流れ始めた。

貴婦人は扇子で口元を隠しつつ、視線をチラリッとそちらの方に向け、紳士は楽しそうに談笑をしていた口を一瞬止め視線を向けてから、また何食わぬ顔で話し始める。

視線をチラチラと向ける若い令嬢の中には、少しだけ頬を染めて仲間の令嬢と口元を隠して楽しそうに話し始めた人達もいた。

「何だろう？」と思いつつ、その視線の先を追おうとした時、隣でお兄様が小さく呟いた。

「あ、遂にいらっしゃったか」

「え？」

視線をお兄様の方に向けると、まっすぐ入場口の方を見ていたお兄様がそれに気付いてこちらを見る。

「先方がいらっしゃったよ。何人か仕事関係の方々に話し掛けられて挨拶をしているみたいだから、ひと段落したら挨拶に行こう」

その言葉に、もう一度入場口の方角に目を向ける。

何人かの体格の良い男の人達に話し掛けられている男性がいる。

きっと、あの方が私の縁談相手なのだろう。

今は、丁度人影に隠れてしまっていて、プラチナブロンドの髪がチラチラと見える程度で顔を見る事が出来ない。

「えっと、何ていうか出不精（?）な方だから、きちんとしたお見合いの席を用意してもきっと顔を出さないだろうと、うちの騎士団長が珍しく彼の参加するこのパーティーでの顔合わせをセッティングしたわけだけど……きっと……多分……話は伝わっているはずだから大丈夫だよ」

「何だか、とても心配になってきたのですが……」

お兄様の口調が怪しい。

基本的にフールビンお兄様は真面目でキチッとしているタイプだから、自分が主体で動く場合はきちんとセッティングしてくれるはずだ。

そのお兄様がこんな状態になっているという事は……例の騎士団長様を挟んでいるせいでちょっと自信がないという事だろう。

「まぁ、トラブルになる事はないはずだよ。彼も悪い人ではないから、文句があればこちらではなく主犯の団長に直接言うだろうし、今回は本当に顔合わせ程度のもので、本格的な縁談になるかどうかは今日の結果で決まるからね。何もなければただお互い挨拶をして『ご縁がないようです』と後で軽く手紙をやり取りしておしまいさ」

肩を竦《すく》めて「大丈夫大丈夫」と言うお兄様に、緊張しかけていた心と体が緩み、自然と笑みが零れた。

「おや、そろそろ良さそうだね。それじゃあ行こうか」

「はい！」

元気に返事をして、お兄様に連れられるようにして縁談相手の許へと向かう。

少し視線を落として、お淑《しと》やかな女性に見えるよう所作に気を付けつつ進んでいくと、遂にお兄様の足が止まった。

ゆっくりと顔を上げ、相手の顔へと失礼にならない程度に視線を向ける。


…………っ⁉


時が止まった。

ついでに心臓も止まりかけた。

……どうしよう。物凄くタイプの顔がそこにあるんだけど。

まるで物語の中の、姫を守る硬派で素敵な騎士様のようだ。

「ご無沙汰しております。ガーディナー第六騎士団長」

「あぁ、君は確かカインツ殿の隊の……」

目の前の男性の視線が私とお兄様の方に向けられる。

その途端、止まりかけていた心臓が一気に動き出し加速していく。

頬が熱い。

こちらに向けられた紫水晶のような瞳や、オールバックに撫でつけられているプラチナブロンドのキラキラした髪に心が奪われる。

……ヤバい。超かっこいい。

思わず、淑女の仮面がずり落ち、本能のままに呟きそうになる口を必死で閉じる。

「フールビン・ゼルンシェンです」

「あぁ、そうでしたね。では、そちらの令嬢が？」

あまりの格好良さに見惚れて固まっていた私を彼が見る。

……ドキンッ。

視線が交わった。

トットットッと一定の速いリズムで鼓動を刻んでいた心臓が一瞬で跳ね上がる。

あぁもう、頭が真っ白になりそう。いや、もしかしたら白じゃなくてピンクかもしれない。

「カインツ団長に紹介するように言われ連れてきました、妹のコリンナです。コリンナ、こちらはタジーク・ガーディナー第六騎士団長様だよ。ご挨拶しなさい」

私が一目惚れの熱に浮かされている間にも、話が進み遂に挨拶するように促される。

ボーッとしていた私は、お兄様の言葉にハッとして、慌ててドレスの裾を掴み、頭を下げる。

「お初にお目に掛かります。フールビン・ゼルンシェンの妹、コリンナ・ゼルンシェンと申します。どうぞコリンナとお呼び下さいませ」

焦っている状態でも、お母様にしっかりと貴族の振る舞いを叩き込まれていた為、何とか無様な

挨拶にはならずに済んだ。

……ただ、彼――タジーク・ガーディナー様との距離を詰めたいという願望がポロッと溢れ出て、ついうっかり『名前で呼んで？』的な事を口走ってしまった。

アウトではないけれど、ちょっと積極的過ぎたかもしれない。

心の中で「しまった」と思いつつも、タジーク様の反応が気になる。

少し不安になりながらも、ずっと頭を下げ続けているわけにもいかないから、ゆっくりと頭を上げ、彼の反応を窺い見る。

彼は一瞬、少し驚いたように目を見開いた後、スッと目を細めて小さく笑みを浮かべる。

そんな些細な表情の変化にも胸が躍る。

「初めまして、コリンナ嬢。私の事はタジークとお呼び下さい。……また会う機会があるようでしたら」

「有難うございます、タジーク様。また是非お会いしたいですわ！」

理想の男性との出会いに完璧に浮かれ切っていた私は、彼が名前呼びを許可してくれた事と「また会う」という単語に反応して、満面の笑みで返事をした。

こんな素敵な人とまた会える。

縁談が正式に決まって結婚する事が出来たなら、この素敵な方と毎日会える。

そんな事を夢想すると、胸に歓喜が湧き溢れてきて、細かな事などどうでも良いような気分になってくる。

そんな私達の間で、お兄様は私と彼、それぞれが発言する度に、ギョッとした表情をして双方の顔を見る。

私がタジーク様にお礼を言っている時には何故か『その反応は違うだろう！』的な雰囲気を滲ませていたけれど、よくわからなかったので無視する事にした。

今の私は、この短い挨拶の時間でいかに長くタジーク様を見つめるかで忙しいのだ。

「……何というか、前向きなお嬢さんですね、ゼルンシェン殿」

「「はい」」

タジーク様の言葉に、私とお兄様が同時に返事をした。

いやだって、私もゼルンシェンではあるもの。

私の事を名前で呼んで下さる話にはなったけれど、少しでも多く会話をしたいし、呼び掛けられて返事をするチャンスは逃したくない。

「えっ⁉」という表情でお兄様とタジーク様に視線を向けられるのも気にせず、ニコニコと笑みを浮かべる。

もちろん、状況的にお兄様への声掛けだとわかった上でわざとだ。

「……失礼。フールビン殿の方に声を掛けさせていただいたのだよ」

「いえ、こちらこそ妹がもう何だかすみません」

苦笑を浮かべつつも改めてお兄様に声を掛け直したタジーク様に、お兄様が頰を引き攣《つ》らせつつ小さく頭を下げる。

失礼な。ちょっと強引だったのは認めるけれど、失礼と言われるレベルの事はしていない。……多分。

「妹はなにぶん田舎育ちで、ずっと領地に籠《こも》っていまして。色々と足りない部分もありますが、大目に見ていただけると有難いです」

申し訳なさそうに話すお兄様に、タジーク様は妙に納得した様子で小さく頷く。

「あぁ、なるほど。それで私に対してもこういった反応なのですね。カインツ殿も私の相手など、一体何処から見付けてきたのかと思いましたよ。……まぁ、確かに領地に籠っておられたのなら、ある意味私にはピッタリの相手かもしれませんね」

フッと小さく笑うタジーク様、格好良い。ニヒルな感じがまた素敵。

対するお兄様は相変わらず頬を引き攣らせながら困った様子で笑みを浮かべている。よくわからないけれど、どう反応を返せば良いのか悩んでいる感じだ。

「それにしても、カインツ殿にも困ったものですね。気に掛けていただけるのは有難いですが、このように強引では……。コリンナ嬢にも遥々《はるばる》こんな遠い所までご足労いただく事になって、申し訳ない」

「いいえ、私はそんな……。こうして王都に呼んでいただき、タジーク様とお会いする機会を頂けただけで嬉しく思っておりますので」

チラッと視線を向けられたのが恥ずかしくて頬を更に赤く染めつつも、必死で首を振る。

ただでさえ、この縁談は王都までの旅費が第二騎士団長様持ちで、尚且つ縁談のチャンスも有りなんていう、私にとっては破格の条件のものだったというのに、こんな素敵な男性に引き合わせていただけるなんて。

もしタジーク様への紹介以外の全ての特典をなくしたとしても、それだけでもう控えめに言って最高だというのに。

「……そんな風に言っていただけるなんて嬉しいですね。私の事をもっと知った上でもなお、そう言っていただけると良いのですが」

ニッコリと何処か冷たくも美しい笑みを浮かべたタジーク様に心臓を鷲掴《わしづか》みにされた私は、赤くなった頬に手を当てて、小さく「まぁ！」と返答するのがやっとだった。

あぁ、もう素敵。

きっとどんなタジーク様でも知れば知っただけ更にハマってしまうに違いない。

是非もっともっといっぱい彼の事が知りたい。

「あぁ、そろそろ私は失礼しますね。今回は少々やむをえない事情でこちらに出席しておりますが……あまりこういった煌びやかな席は得意ではないので。用を済ませて早々に帰らせていただく予定になっているのです」

「あ……あぁ、それはお引き留めしてしまい、申し訳ありません。本日は妹と会っていただき、有難うございました」

「タジーク様、お会い出来て光栄でした」

タジーク様がその場を去ろうとしたので、慌てて腰を落とし頭を下げ、お兄様に合わせて淑女らしい挨拶をする。

けれど、それがいけなかった。

「っ！　危ないっ」

思ってもいないような素敵な男性との出会いで舞い上がっていて、元々フワフワとおぼつかなくなっていた私の足は、慌てた拍子にふらついて、近くを通ったウェイターにぶつかりそうになってしまう。

「あっ！」

衝撃とその後に起こるだろう悲劇を予想してキュッと目を瞑《つむ》る。

その瞬間、グッと力強く温かい手が私の腕を掴んで引き寄せ、揺らいだ私の肩をもう一つの手がしっかりと支えてくれる。

恐る恐る目を開けると、視界にはつい先程まで穴が空くほど見つめていたはずの紫の騎士服。

銀の髪によく似合うと思っていたその色が視界を覆っていて……。

トクンッ。

鼓動が小さく跳ねる。

ゆっくりと視線を上げていくと、私がぶつかりそうになったことにも気付かず立ち去って行くウェイターの姿を目で追うタジーク様の姿。

全く慌てた様子もなく、当たり前のように私を支えてくれたその姿を見て、きっと彼にとってこの程度の動作は息を吸うように当たり前に出来る気遣いでしかないのだろうと思った。

口調は何処か冷めたところがあるけれど、きっと心の中はとても温かい人なんだろう。

私にそう感じさせるには十分な出来事だった。

「ここは人が多い。気を付けないと危ないよ」

「す、すみません。有難うございました」

あっという間に離れていく温もり。

それに寂しさを感じつつも、今度はしっかりとした足運びで頭を下げる。

それに合わせてお兄様もタジーク様に謝罪の言葉を掛けている。

「気にしないでくれ。お二人と話せて楽しかった。それでは、私はこれで」

本当はもっと色々とお話しして彼の事を知りたかったけれど、こういった場で長々と引き留めるのは好ましくないだろう。

ましてや用事があると言っている相手であれば、尚更だ。

名残惜しいけれど仕方がない。

颯爽《さっそう》と去って行くタジーク様。

その背中をジッと見つめる。

「……ちょっとコリンナ？　大丈夫かい？」

いつまでもポーッと彼の去って行った方向を見つめていた私の顔を、お兄様が心配そうに覗き込んでくる。

タジーク様の去った余韻を楽しんでいる真っ最中なのだから、視界に割り込まないでほしい。

ともあれ、ずっとそうしているわけにもいかず渋々お兄様の方に視線を向けると、お兄様は困ったように苦笑をしていた。

「一先《ひとま》ず、この後にいらっしゃる王族の方の挨拶を聞いて、もう少しだけ挨拶回りをしてパーティーを楽しんだら帰ろうか」

私の中では本日のメインイベントとなったタジーク様との出会いが済んだ時点で、もう終わったような気分になっているのだけれど、パーティーはこれからが本番らしい。

お兄様の話では、パーティーの半ばくらいに王族の方が会場にお越しになり、挨拶と乾杯をするのだそうだ。

その後、ダンスの時間が始まり後は徐々に帰路に就く方も出てくるらしい。

「という事は、タジーク様もまだ会場にはいらっしゃるという事でしょうか？」

少なくともパーティーに出席している以上、王族の方がいらっしゃるまで帰る事はないだろう。ならば、また会えるかも……上手くすればダンスなんか一緒に出来ちゃうかも⁉

「う～ん、どうだろうな。あの方は少々変わっているから。本当に用件が済んだら帰ってしまう可能性もあると思うよ。まぁ、もしいたとしても……あの様子じゃ、きっともう捕まらないよ」

「え？　そんなぁ……」

お兄様の言葉にしょんぼりする。

出来ればもう一目だけでもお会いしたかった。

「彼は元々滅多に会えない人物だからね。むしろ、団長のセッティングとはいえ、今日会えた事の方がラッキーなぐらいなんだよ」

更に続くお兄様の言葉にガックリと肩を落とす。

でも……。

「でも、今回お会いしたのはあくまで切っ掛けですものね！　ここから縁を深めていけば良いのですよね！」

ギュッと両方の拳を握り締め、私は決意する。

「え？　まさか……」

「お兄様、このお話、是非進めて下さい。……私、タジーク様の妻になってみせます！」

「えっ⁉　ちょっと⁉」

一応、ここはパーティー会場のど真ん中だ。他の方に変に話を聞かれるのもまずいだろうと思い、小声で自分の決意を伝えると、お兄様は私を二度見しながら目を見開いた。

私の言葉ではなくお兄様の反応に驚いた方が何人かこちらをチラッと見てきたけれど、話の内容が聞こえていない事もあり、すぐに興味を失った様子で視線を戻している。

もう、お兄様ったら。反応が大げさ過ぎるんだから。恥ずかしいじゃない。

「第二騎士団長様には感謝しなくてはいけませんね」

「……コリンナ、結論はそんなに早く出すものじゃないよ。一先ず、家に帰ってからゆっくり話をしよう」

お兄様は色々と話したそうではあったけれど、ここがそういった身内同士の会話には不向きな事は十分にわかっているらしく、それ以上は何も言わなかった。

帰りの馬車の中、お兄様は切々とやめた方が良いとか、さっきの会話の中にそんな風になる要素が何処にあったんだとか語っていた気がするけれど、初めての都会のパーティー参加で疲れていた上に、何度も過《よ》ぎるタジーク様の笑みにボーッとしていた私の頭にはほとんど何も入ってこなかった。

……あぁ、タジーク様、次はいつお会い出来るかしら。

3　待って駄目なら押してみろです！

「……タジーク様からのお返事が来ないわ」

私はお兄様の借りている部屋で、ミモリーの淹れてくれたお茶を飲みながら、不満を口にする。

タジーク様とお会いしたパーティーからもう既に二週間が経とうとしていた。

私の方はお兄様を通して、縁談を進めてほしいという意向は伝えてある。

後はタジーク様から了承の返事をもらい、次の逢瀬の予定を立てていけば良いだけのはずなのに、一向にお兄様からは何の話もない。

「お嬢様、これはもう単純に振られたという話なのではないですか？」

正面に座って、昨日街を歩いて回った時に買ってきたお菓子をポリポリと食べながら、ミモリーが実にあっさりと酷《ひど》い事を言う。

ちなみに、侍女であり本来主《あるじ》である私と同席する事はないはずの彼女が向かいにある椅子に座りお茶をしているのは、一人でお茶を飲むのが寂しくて、ついでに愚痴も聞いてほしかった私がお願いしたからだ。

「そ、そんな事ないわよ。大体、お返事云々《うんぬん》以前に、お仕事が忙しいせいでここ二週間、ゆっくりお兄様とお話しする機会がなかったし。きっと、忙しくて忘れているとか、話している時間がなかったとかそういう理由よ……多分」

言葉尻が小さくなってしまうのは、私自身少しだけどそういう不安を感じていたからだ。

「忙しくて……というより、どちらかというと避けているようにお見受けいたしますが？　お優しいフールビン様の事です。パーティー後、毎日のように目を輝かせてタジーク様からのお返事はまだかと嬉しそうに話し掛けていらしたお嬢様に、事実を伝えられず逃げておられるのでは？」

「そんな事ないもん！」

考えたくない可能性を口にされ、ついつい幼子のように声と唇を尖らせてしまう。

パーティーの時にお会いした素敵な殿方。

挨拶のみで他の会話はほとんどなかったけれど、その分、大きな失敗もしていない……はずだ。

「ちなみに、もし断られたらどうされるおつもりなんですか？」

「それは……」

少なくとも初めて出会った理想の男性だ。すぐに諦めるのは無理だと思う。

しっかりと私の事を知ってもらった上でのお断りならばまだ諦めも付くけれど、それ以前の段階で断られたら……やっぱりもう少し粘りたいなと思ってしまう。

もちろん、ストーカーのように付きまとう気はない……つもりだけど、それでももう一度ぐらいチャンスは作りたい。

「はぁ……。あまり淑女らしくない無茶な行動はなさらないで下さいよ、お嬢様」

溜息を吐き釘を刺しつつも、私の気持ちを思ってか「やめろ」と言わないミモリー。

その不器用な優しさに、今は妙に安心する。

「それにしても、そろそろフールビン様にはしっかりとお話を聞いた方が良さそうですね」

続けてミモリーが「いつまで逃げてるんだあの腑抜け……」とか呟いた気がしたけれど、きっと気のせいだ。

だってミモリーは礼儀に煩《うるさ》い私の侍女。

そんな事を言うはずがない。うん。きっとそうだ。

「そうは言っても、お兄様ったら早朝から出勤され、帰るのは深夜ですもの。家にいてはなかなか捕まらない……」

そこまで言い掛けて、私の頭に名案が浮かんだ。

「そうだわ。家で待っていてはいつまで経っても話が出来ないし、タジーク様にもう一度会えるよう取り計らっていただく事も出来ないわ！　それなら……」

グッと拳を握り締め、立ち上がった私をミモリーがお菓子をポリポリ齧《かじ》りながらも訝《いぶか》しげに見上げる。

「私がお兄様の職場に行けば良いのよ！」

「……は？」

私の宣言に、ミモリーは目を僅《わず》かに見開く。

フフフ……。私の考えた案の素晴らしさに驚いているようね。

そうよ。何でもっと早くに思い付かなかったのかしら。

確か、王宮に勤めている人の所に家族が差し入れする事は出来たはず。

前に、お兄様が同僚の婚約者が職場までお弁当を届けに来ていて物凄く羨ましかったという話をされていた事があるもの。

まだ結婚して縁を繋いでいない『婚約者』が大丈夫なら、血の繋がった妹が差し入れをしてもきっと大丈夫なはずよ！

それに、もし駄目だったら諦めて帰ってくればいいだけの話だもの。

試してみる価値はあるわ！

「……という事で、ミモリー、お兄様用のお弁当を作って頂戴」

両手をパチンッと合わせて、首を少し傾げながら優秀で料理の腕まで良い私の侍女に頭を下げる。

「……それを持って会いに行くという事ですね。お嬢様自身がお作りにはならないのですか？」

ミモリーの言葉に一瞬返答を迷う。

基本的に貴族令嬢というものは料理をしない。

ただ、うちは使用人との距離も近い為、私もたまに手伝ったりする事はある。

しかし、あくまで手伝い程度で……下手ではないけれど、ミモリーほど上手に作れるわけではないし、レパートリーも少ない。……だって貴族令嬢だもん！

「……私が作った方が、お兄様は喜ぶと思う？」

どうしようか悩みつつ、上目遣いにミモリーに尋ねる。

「それは当然ですよ。何だかんだ言って、フールビン様にとってお嬢様は可愛い妹ですからね」

ニッコリと笑みを浮かべてそう言い切られた私は「うっ……」と小さく呻《うめ》く。

私もお兄様も、別にシスコンやブラコンではない。

けれど、単純に妹としてそれなりに可愛がってもらっている自覚はある。

小さい頃から、私がどんな悪戯《いたずら》をしても、注意はすれど最終的には笑って許してくれた兄だ。

それに、庭で摘んだ花（雑草）や綺麗な石（子供目線）をあげても、凄く嬉しそうに受け取ってくれた。

ミモリーが言う通り、私が作った物であれば不味くても笑顔で「有難う」と言ってくれる気はする。

「……全部一人で作るのは不安なんで、お手伝いする形で参加させて下さい」

「承知いたしました」

料理の美味しさを取るか、私の頑張りを取るか悩んだ結果、中間を取る事にした。

味も物凄く大切だけれど、お兄様の性格を考えると少しでも私が手掛けた方が喜んでくれそうだしね。

時計の針を見れば、お昼までにはまだ少し時間があるけれど、これからお弁当を作って王城内にあるお兄様の職場まで行くと考えれば、少し急ぎ気味に動いた方が良さそうだ。

いくら差し入れをしても、お兄様の昼休憩に間に合わなくては意味がないのだから。

「ミモリー先生、よろしくお願いします！」

「はい、このミモリーにお任せ下さい。……ですが一先ず、調理場に向かう前にエプロンはして下さいね」

勢いのまま、調理場へと向かおうとする私の手をミモリーがソッと掴んで苦笑する。

確かにエプロンは大切だ。

王都に来る時に持ってきた服はどれも私の持ち物の中では良い方の物ばかり。

料理中に汚して着られなくなるのは勿体ない。

ミモリーの予備のエプロンを借りて準備をした後、私達は改めてお弁当作りを開始した。

正直、このお弁当の届け先がタジーク様だったらもっともっとやる気が出るのになぁと思わなくもないけれど、お兄様に喜んでもらえるのも嬉しくはあるから、今は贅沢を言わない。

それに、こうしてお兄様に会いに行って話をする事がタジーク様との再会に繋がっているのだ。

今は前進あるのみ！

少しずつでも自分に出来る事から頑張っていこう。

「待ってて下さいね！　お兄様‼」

「……お嬢様、ガツガツとし過ぎですよ。淑女的にはアウトですからね？」

ミモリーの冷静なツッコミが入ったけれど、これもやっぱり気にしない事にした。

＊　＊　＊

「あ、いらっしゃったわ！　お兄様‼」

何とかお兄様の昼休憩に間に合うようにお弁当を作る事が出来た私とミモリーは、お兄様の職場である王宮へと来ていた。

中に入るべく警備の方に声を掛けた際には、本当に来て大丈夫だったのかと不安になったけれど、王宮への来訪は所定の手続きさえ踏めば、そう難しいものではなかった。

もちろん『この国に仕えている貴族に限る』という制約があったり、行ける範囲が目的や身分で分かれていたりと、色々制限はあるようだったけれどね。

そんなこんなで王宮への入場手続きを簡単に済ませた私達は、案内役の騎士の方に連れられ、騎士団施設へと案内された。

その一角には面会者用の待機スペースのような場所があり、私達はそこで案内役の方がお兄様を呼んできて下さるのを待っていた。

そこは監視の意味もあるのか、廊下の一部が大きく引っ込んだ場所に椅子を設置しただけで扉も壁もない為、とても見通しが良い。

遠くの方から廊下を歩いて来るお兄様の姿をすぐに見付ける事が出来た私は、立ち上がりアピールするように手を振った。

「コリンナ、急にどうしたんだい？」

そんな私を見てお兄様が驚いたような顔をして小走りに近付いてくる。

案内役の騎士様はもういなかったから、きっと持ち場に戻られたのだろう。

お礼を言い損ねてしまったから、後で代わりにお兄様に言っておいてもらおう。

「お兄様とタジーク様の事でお話がしたくて。あと、ついでにお弁当も作ってきました」

「お嬢様、本音と建前が逆になっていますよ」

つい本音がポロッと口から出てしまうと、すかさずミモリーが突っ込んでくれる。

お兄様は、私の発言に頬を引き攣らせていた。

……気まずそうにしていても、今日は逃がしませんからね、お兄様？

「そ、そうか。お弁当を作って来てくれたのか。それは嬉しいなぁ」

「はい！　ついでという名の主目的でタジーク様との件がどのようになっているかもお聞きしに参りました」

「ハハハ……」

お兄様がダラダラと汗を掻き、視線を逸らしながら乾いた笑い声を上げる。

……だから逃がしませんってば。

私の一世一代の恋ですよ？　初恋ですよ？　しっかりと協力していただきますからね？

「お兄様？　それで、タジーク様からのお返事はあったのですか？　あったのですか？」

「コリンナ、回答が一択になっているよ？」

「故意です」

キッパリと言い切ると、またお兄様が頬を引き攣らせた。

その内、お兄様の頬が筋肉痛になりそうだ。

「なぁ、コリンナ。彼はやめておかないかい？　何ていうか……彼は……ほらね？」

「何が『ほら』なんですか⁉　あんな素敵な男性、私お会いした事がありません」

理由にもならない……というか、言葉にもなっていない理由で諦めさせようとするお兄様に、イラッとして少し口調が荒くなってしまう。

「彼は……その、色々と事情があってね。お前も苦労すると思うし……」

「なら、その事情とやらを教えて下さい！　あんな素敵な方に、どんな事情があると言うのですか？　実は外にいっぱい子供がいるとか、嗜虐趣味とか、法的にギリギリアウトなマッドサイエンティストとかですか⁉」

「なっ⁉　ちょっと、ストップ、ストップ！」

私がパッと思い付いた理由を挙げていくと、お兄様がギョッとした顔で慌てて私の口に手を当てる。

昼休憩の時間帯という事で、他の騎士様もチラチラと廊下を通りかかる状況。

確かに、こんな所で言う言葉ではなかったかもしれない。

けれど、これはお兄様が意味のわからない理由で私の初恋を邪魔しようとするのがいけないと思う。

だから、私は羞恥で少し頬を赤くしつつも、不満を訴えるようにお兄様を睨んだ。

「いやいや、そこまで酷い事情はないよ！　特に最後のはギリギリだろうが法的にアウトな時点で騎士団が捕まえているからね⁉」

お兄様が慌てて否定し、視線で「これ以上変な事を言うなよ」と訴えた後、口から手を離して下さる。

「それでしたら、何故駄目なのですか？　私はまたあのお方に、タジーク様にお会いしたいのです」

私があの方のお名前を口にした途端、近くを通りがかった若手の騎士様が一瞬驚いたような表情で振り返った。

逆にその事に驚いて、つい視線をそちらに向けると、彼は慌てた様子で私から目を逸らしてそそくさと立ち去って行った。

一体何だったのだろうか？

「そんな突飛な理由じゃなくたって、色々と縁談を躊躇《ためら》う理由はあるだろう？」

「借金だらけで一家離散寸前とかですか？」

「いや、彼の家は我が家なんか比べ物にならないくらい家格が上でお金もあるから！　滅多な事言わないでくれ！　向こうの家じゃなくてこっちの家の立場が危うくなる」

私の言葉にお兄様が勢い良く首をブンブンと振る。目、回らないのかしら？

「そうじゃなくて、ほらもっとやんわりとした事情でもさ、嫁ぐのに躊躇うものとかあるだろう？」

「具体的には？」

「それは……」

お兄様の瞳が揺れる。

上司である第二騎士団長様に、先入観を持たせないよう余計な事は言うなと口止めされているお兄様。でも家族思いのお兄様。

きっと、上司命令を破って私に事情を話すかどうかで悩んでいるのだろう。

「……お兄様？」

その揺れる瞳を見つめ返し、それでも運命の初恋の相手をそう簡単に諦められない私は、先を促すように小首を傾げる。

お兄様が私の顔を見て、困ったように眉尻を下げてからグッと唇を噛みしめ決意をした表情になる。

そしてゆっくりと口を開き……。

「実は……」

「なぁにを言おうとしてるのかな？　フールビン？」

不意に、廊下の方から声がして、驚いてそちらに視線を向ける。

四十代後半から五十代ぐらいの体格の良いダンディーなおじ様が、顔に威圧的な笑みを浮かべて廊下からこちらを覗き込んでいた。

「ヒッ！」

お兄様の体がビクンッと跳ね上がる。

何かに怯えたように体を硬直させたお兄様が、恐る恐るといった様子でギギギ……と音がしそうなほどぎこちない動作でゆっくりと後ろを振り返る。

「……カ、カインツ団長？」

「おぉ、俺だ。で、今、お前は何をこの麗《うるわ》しいご令嬢に話そうとしていたのかなぁ？」

ゆっくりとした動作で近付いて来た男性――カインツ団長様がガシッとお兄様の肩に腕を回す。

お兄様の喉からまた小さく「ヒッ！」と悲鳴が零《こぼ》れ、体が震えた。

……なるほど。これがお兄様を口止めしている団長様というわけか。

そして、同時に私とタジーク様の縁を繋げて下さった方でもあるわけね。

「お初にお目に掛かります。フールビン・ゼルンシェンの妹、コリンナ・ゼルンシェンと申します。」

即座にこの人に媚《こび》を売っておいた方がタジーク様への道が開《ひら》けると判断した私は、なるべく綺麗に見えるように精一杯心掛け、淑女の礼をする。

「おぉう。お嬢さんの話はフールビンから聞いてるぜ」

「聞いたのではなく、聞き出したの間違い……」

「何か言ったか？　フールビン」

「いえ何でもございません」

……お兄様、弱過ぎる。

職場でのお兄様の立ち位置がよくわかった瞬間だった。

「俺はコリンナ嬢の兄さんの所属する第二騎士団の団長を務めるオルセウス・カインツだ。今回は俺の我儘《わがまま》の為にわざわざ王都まで来てもらって悪かったな」

お兄様に向けていた威圧的な笑みを快活なそれに変え、団長様が私に挨拶をして下さる。

その内容で、私の予想が間違っていない事を改めて確信した。

「いえ、こちらこそ、この度は大変とてもこれ以上ないほど素敵なお相手をご紹介していただいた上に、王都への旅費まで出して下さり有難うございました。とても感謝しています」

全力でタジーク様がとてもとてもとても気に入っているのだとアピールしながら笑顔で返答すると、団長様が「おっ？」と少し意外そうに片眉を上げた。

その後に、ニヤリッと大きく片方の口の端を上げ、満足そうな笑みを浮かべる。

「そうかそうか、コリンナ嬢はタジークの事を気に入ってくれたか。それは良かった」

「えぇ、私の方はとても素敵な方なのでまたお会いしたいと思っているのですが……」

チラッとお兄様の方に視線を向け、不満を訴えるように少しだけ頬を膨らませる。

すると、即座に後ろから小声で「お嬢様、淑女らしい振る舞いを……」とミモリーの注意が入った。

慌てて頬に入っていた空気を抜いて、誤魔化すように笑みを浮かべる。

「ハハハッ！　コリンナ嬢はとても愛らしいお方ですな。だが……まぁ、アイツにはこれぐらい明るくてわかりやすい女性の方が良いかもしれんな」

ん？　わかりやすいって何がだろう？

団長様の呟きに疑問を感じて小首を傾げると、団長様はまた「ハハハッ」と笑って「何でもない」と仰《おっしゃ》った。

「で、フールビン、これだけコリンナ嬢の方は乗り気なんだ。話は進めてあるんだろう？」

団長様が視線に威圧感を乗せて、再びお兄様に話し掛ける。

表情は笑顔のままなのに、これだけ逆らえないオーラをかもし出せるのは、流石《さすが》団長様といったところか。お兄様とは纏うオーラが違う。

……これから先もお兄様の出世は難しいかもしれないわね。お兄様はびっくりするぐらい、小物感が漂っているもの。

って、今はそんな事はどうでもいいのよ！

折角私がお兄様に聞きたかった事を、団長様が威圧まで掛けて聞いて下さっているのだから、しっかりと話を聞かなきゃ！

「いや、その……。向こうから何も縁談についての連絡はなかったので……その……」

お兄様がしどろもどろに言葉を紡ぐ。

その様子に団長様の眉尻がピクッと上がる。

「……で？」

団長様の低い声が煮え切らない返事を繰り返すお兄様を促す。

お兄様は、その言葉にビクッと反応し、私と団長様の様子を怯えた小動物のような目で交互に窺う。

……この反応、何か嫌な予感がする。

「えっと……一応、礼儀かなと思い、妹と顔合わせしていただいた事への感謝と妹が喜んでいた事はお伝えしました」

うん。確かに、一応パーティーの中の一時《いっとき》とはいえ、『縁談目的の顔合わせ』という名目で時間を取っていただいたのだからお礼は大切ですね、お兄様。

「…………で？」

団長様の声が更に低くなる。

「向こうからも『お会い出来て良かった』という返事は頂きました」

「……なるほど。で、その後は？」

「何もないです」

…………。

その場がシーンと静まり返った。

これはあれですね。

要するに縁談を進めるどころか、『挨拶させてくれて有難う』『こっちも話せて良かったよ』という会話だけで話が終わっているという事ですね。

え？　何？　都会の貴族のやり取り的には、これが普通なの？

もしかして、貴族特有の遠回しな言い方とかそういうので縁談の返事が成り立っていたりするの？

それなら、これは良かったって事？　悪かったって事？

田舎育ちの私には判断が付かないんだけど⁉

「……おい。縁談すらなかった事になっているじゃねぇか‼」

パーンッ！

ギロッとお兄様を睨んだ団長様が、小気味いい音を立ててその硬そうな手でお兄様の頭を叩いた。

「痛っ！」

叩かれた後頭部を両手で押さえて、涙目になるお兄様。

でも、今は同情しませんよ？

どうやら私の勘違いではなく、全く縁談を進めてくれていなかったお兄様に私も怒っているのですからね。

「お兄様、酷いです。私、あんなにタジーク様との縁談を進めて下さい、タジーク様とお会いする場をセッティングして下さいってお願いしたのに！」

腕を組んで頬を膨らませ、怒り心頭で詰め寄る。

流石のミモリーもこの時ばかりは私の言動を窘《たしな》めなかった。

「いや、でもな。ガーディナー家の方がうちなんかよりもかなり家格が上だ。そのガーディナー家からの返事に縁談についての言及が何もないのに、こちらから再度尋ねるのも勇気がいるんだよ」

「それにしたって、もう少し私の好意を伝えてくれたって良いじゃありませんか！　せめて、また会いたがってたぐらい言ってくれれば、もしかしたらもしかするかもしれないでしょ！」

お兄様が一生懸命弁解してくるけれど、そんな事で納得できるわけがない。

私にとっての初恋なのだ。

断られても、何とか頑張ろうと思っていたというのに、断られる以前に話が立ち消えになっていたなら納得なんて出来るはずがない。

「まぁ、そうかもしれないけどな。でも、向こうも何も言ってこないって事は多分乗り気ではないという事だし、ここは平穏無事に話が流れた方が良いかなぁなんて……」

私が言い募る度に後退し、たじたじになりながら話すお兄様を、キッと睨む。

「私はタジーク様にまたお会いしたいんです！　頑張る前から諦めたくはないんです‼」

「よく言った‼」

自分の思いの丈をお兄様にぶつけていると、途中から私とお兄様のやり取りを傍観していた団長様が急に拍手をし始める。

驚いて視線を向けると、彼は満面の笑みを浮かべて何度も頷いていた。

「コリンナ嬢、君のような女性を探していたんだ。タジークは色々とこじらせているからな。ある程度押しが強くてへこたれない女性じゃないと落とすのは無理だと思っていたんだ」

「……こじらせている？　押しが強い？　へこたれない？」

タジーク様がこじらせているかどうかはよくわからない。

これから何度かお会いしてお互いについてもっと深く知っていこうと思っていたところなんだから仕方ない。

でも、後半の『押しが強い』『へこたれない』という淑女としてどうかと思われる評価については納得できない。

できない……けれど、タジーク様とお付き合いする為にはそういった能力が必要だというのならば、頑張る事は吝《やぶさ》かではない。

そういう力は、都会暮らしの吹けば飛びそうな繊細なご令嬢達よりはある気がするもの。

「あいつはあまり素直な方じゃないから、最初は冷たい態度を取るかもしれない。それでも大丈夫だというなら……さっさとあいつの所に直接行っちまいな。俺が事前にあいつの家の者に連絡した上で手紙を書いてやるからさ。それを届けるって名目で行けば良い」

「本当ですか⁉」

親指をグッと立てて頼もしい事を言ってくれた団長様に、目を輝かせる。

実のところ、直接お屋敷に伺うというのも考えていなかったわけではない。

けれど、突然一度しか会った事がない女が押し掛けるのは少々やり過ぎな気がして実行できなかったのだ。

団長様が事前に連絡を入れた上にタジーク様に届ける為の手紙まで用意して下さるというなら……これはもう、会いに行くしかない。

「ちょっと団長！　余計な事を……」

「あいつにはこれぐらいしなきゃ話は進まねぇよ」

「……別に進まなくたって」

「コリンナ嬢自身が乗り気になってくれたんだ。諦めな。そういう約束だっただろう？」

「それは……そうですけど」

どうやら、お兄様と団長様の間で、私がもしこの縁談に乗り気にならなかったらやめていいという話になっていたのは本当らしい。

ただしそれとは逆に、もし私が乗り気になったら、お兄様は反対だろうが何だろうが話を進める事にもなっていたようだ。

ガックリと肩を落とし多少ごねている様子は見られるものの、団長様の言動に本気で抗議する事が出来ずにいるのがその証拠だ。

それにしても、お兄様は本当に何でこんなにこの縁談に乗り気じゃないんだろうか？

気になるけど……私自身の目で確かめろというのなら、折角チャンスも貰える事になったんだし、そうしよう。

「じゃあ、決まりな。これから誰か人をやって、あいつの家の奴等《やつら》に午後のコリンナ嬢の訪問を伝えさせる。あと、俺はこれから手紙を書いてくるから……丁度、フールビンが休憩中だ。一緒に飯でも食べて待っててくれ」

「わかりました。本当に有難うございます、団長様」

「良いって事よ。元々この話は俺が強引に推し進めているところもあるしな。協力するのは当然だ」

そう言って、団長様は踵《きびす》を返し、颯爽と立ち去って行った。

「それではお兄様、昼食にいたしましょう。元々お兄様と昼食を取りながらお話できればと思って少し多めに作って来たんです。ご一緒させて下さい」

本来の目的以上の成果を手に入れた私は、午後の訪問に少々緊張しつつも、ご機嫌でお兄様に声を掛ける。

「ハァ……。あぁ、そうしようか。向こうの庭に昼食を食べるのに丁度良い場所があるからそこに行こう」

私の高くなったテンションとは逆に、何処か疲れている様子のお兄様が溜息を吐きつつも、食事を取れる所へと案内してくれる。

「……まぁ、彼の本当の姿を見たら、コリンナも諦めるかもしれないしな」

やや投げやりな様子で呟かれた言葉。

心の中で「そんな事はないと思いますけどね」と反論しつつ、お兄様を気遣って敢えて言葉にはしなかった。

「お兄様の為に頑張って作って来たんですから、いっぱい食べて下さいね!!」

「おまけで作ったお弁当なんだろう?」

「でも、一生懸命お兄様の為に作りました」

少し拗《す》ねた様子で言われた言葉に満面の笑みでそう返すと、お兄様はいつもの「仕方ないな」という穏やかな笑みを浮かべて、私の頭を撫でてくれる。

そうしてお兄様と一緒に昼食を取った私は、団長様からの手紙を受け取った後、王宮の出入り口までお兄様に送ってもらって別れた。

午後は遂にタジーク様の許へ向かう事になる。

急な話で少し驚いているけれど、折角のチャンスを生かさない手はない。

女は度胸だと思って頑張って来よう。

4　押し掛けたら意外なお出迎えが待ってました

「ここがタジーク様の御屋敷なのね」

目の前に聳《そび》え立つ豪邸。

王都は中心にある王宮から外に向かうにつれ、上級貴族の屋敷が連なる区画、下級貴族の屋敷が立ち並ぶ区画、お兄様のお家のような貴族用の借家が軒を並べる区画、と家の質が下がっていく形になっている。

タジーク様のご自宅があるのは上級貴族が住む区画の中でも、比較的自然が多く庭が広い屋敷が立ち並ぶ閑静な場所にあった。

王宮を挟んだ反対側にある区画の屋敷はどちらかというと煌びやかな印象のものが多く、それらに比べこちら側にある屋敷の方が何となく歴史が長そうな感じがする。あくまで勝手なイメージだけどね。

「私的《わたしてき》には、こちらの方が落ち着きがあって好きだわ！」

タジーク様の落ち着いた雰囲気と重なるものを感じて、自然と頬が緩む。

「あぁ、ここに彼がいるのね。緊張するけれど、早く会いたいわ」

団長様から預かった手紙を両手で握り、胸に抱き締める。

ドクドクといつもより胸の鼓動が速く強くなって苦しいけれど、何処か心地好い。

「お嬢様、深呼吸をなさって下さい。落ち着いて。淑女らしくですよ」

緊張と喜びで浮き立っている私を窘めるように、ミモリーが後ろから声を掛けてくる。

確かに、このままのテンションで突撃したら、パーティーの時のように暴走してしまうかもしれないわね。

深呼吸。深呼吸。

ヒッヒッフ～。ヒッヒッフ～。

「……お嬢様、それは出産の時の呼吸法です。お願いですから本当に落ち着いて下さい」

「へ？　あっ！　そうだったわね」

ミモリーに突っ込まれた瞬間、自分の間違いに気付いて顔が赤くなる。

失敗失敗。何でこんな初歩的なミスをしてしまったのかしら。

本当に落ち着かなきゃ駄目ね。

改めて深呼吸をする。

その間にミモリーが門番をしている方に声を掛け、取り次ぎを頼む。

団長様はきちんと話を通して下さっていたようで、すぐに門の中に入れていただけた。

「ようこそおいで下さいました。コリンナお嬢様」

門番の方の案内で屋敷へと足を踏み入れると、すぐに執事風の方と数人の女性の使用人が私を出迎えて下さった。

「私は当家の執事長をしております、ジャヤルトと申します。こちらの者は侍女頭のバーニヤです」

「バーニヤでございます」

ジャヤルトさんに紹介され、一目で他の使用人より上の立場とわかる品格を持った女性の使用人が前に進み出て頭を下げる。

私より年配の人達ばかりだけれど、ジャヤルトさんとバーニヤさんはその中でも年齢が特に上で髪にも白い物が交じっており、貫禄がある。

まさに一流の使用人という感じだ。

「突然の訪問、失礼します。ゼルンシェン家の長女コリンナと申します。本日はタジーク様にお会いしたく伺いました。取り次ぎをお願いします」

使用人相手という事で、頭を下げたくなるのをグッと堪《こら》えて、少しでも印象が良くなるようニッコリと笑みを浮かべて用件を伝える。

貴族って、使用人相手にはあまり頭を下げてはいけないらしいから、慣れないとこういうところの使い分けが難しい。

「ええ、もちろんでございます。あの坊ちゃまの事を気に入って下さった奇特な……とても素敵なご令嬢がいらっしゃったんですもの。すぐにでも坊ちゃまをお呼びいたしますね」

バーニヤさんがジャヤルトさんを押しのけて、私に近付き両手で私の手を握る。

……何故だろう？　ただ手を優しく握られているだけのはずなのに、捕獲された気分になるのは。

「いやバーニヤ、コリンナお嬢様には直接タジーク様のお部屋に行っていただいた方が良いだろう」

「それもそうね。そうした方が確実にお二人を会わせる事が出来るものね」

ジャルトさんの提案に私が驚いていると、バーニヤさんまでその提案に同意する。

私はどうすれば良いのかわからずオロオロとしつつも、頬が赤くなるのを感じた。

いやだって、初のお宅訪問というだけでドキドキだというのに、その上、自室なんていう相手のプライベート空間にまで足を踏み入れるなんて……。

それに、未婚の男女――それもまだお付き合いすら成立してない男女が一方の私室に入るというのもちょっと……破廉恥《はれんち》というか……別にお相手がタジーク様なら嫌ではないのですけれど……。

「……お嬢様？」

……はい。わかっています。淑女らしく貞淑にですね。

私の気持ちがタジーク様のお部屋に行きたいという方に大きく揺らぎ掛けた瞬間に声を掛けてくる辺り、付き合いの長いこの侍女は本当に私の事をよくわかっている。

「コホンッ。あのですね、今回はこのお手紙を届けに来ただけで……それに少しお話をさせていただければ嬉しいなと思っただけで……」

一瞬脳裏に浮かんだ考えを小さな咳払いと共に封印して、今回の目的を伝えた上でやんわりと『そこまでの進展はまだ望んでいない』と告げる。

口調に少し渋々《しぶしぶ》感が滲んでしまったのはご愛敬としてほしい。

しかし、そんな私の苦渋の決断は綺麗さっぱり無視されて……。

「さぁ、コリンナお嬢様、坊ちゃまは現在自室に繋がっている執務室にいるはずですよ」

「坊ちゃまはシャイですからね。先にお嬢様のご訪問を伝えると恥ずかしがって逃げてしまう可能性があったので、まだお伝えしていませんの。直接行ってびっくりさせてあげましょう」

ニッコリと微笑《ほほえ》んだジャルトさんに案内され、満面の笑みのバーニヤさんに連行される。

うん、これは連行と言って良いと思う。

やっている事は、自分の掌の上に私の手を乗せて軽く握り、エスコートするようにジャルトさんの後を共に歩いているだけだけど、見えない圧力が掛けられているような感じがして、ここで立ち止まる事も拒否を伝える事も出来そうにない。

助けを求めるように顔だけで振り返ると、私同様困惑した顔をしながらもどうしていいのかわからない様子で後をついてくるミモリーの姿が目に入った。

彼女はすぐに私の視線に気付き、即座にこちら側に視線を寄越す。

カチッと互いの視線が嚙み合った瞬間、私達は目と目で会話した。

『ここはもう諦めてついていくしかないね（ですね）』。

私とミモリーはお互いの顔を見つつ、小さく苦笑いを浮かべ頷き合った。

まぁ、ジャルトさんとバーニヤさんの様子からすると、本当に私とタジーク様を会わせたいだけのようだ。

お二人からは、なかなか結婚しない子供を心配する親のような雰囲気が滲み出ているもの。

それなら、お二人の判断に身を委《ゆだ》ね、タジーク様との再会に臨むのは決して悪い事ではないだろう。

とにかく、私はタジーク様に会って、折角手が届きそうなこの縁をしっかり繋げたいのだ。

そう、女は度胸よ、コリンナ‼

「こちらがタジーク様のお部屋でございます」

二階の一番奥の部屋。古いながらも綺麗に磨き上げられ、美しい飴色《あめいろ》の艶《つや》を帯びる重厚な扉の前で足を止めたジャルトさんが機嫌良さそうにそう告げる。

……この向こうに、あのタジーク様が。

そう考えると、心が躍る。

たった一回、それも数分しか会った事がない相手にここまで惹きつけられるなんて、自分でもおかしいなと思うけれど、もうそうなってしまったのだから仕方ない。

後は、どれだけ私が頑張れるかなのだ。

ギュッと手にしていた手紙を更に強く胸元で握り締める。

コンコン……。

ジャルトさんのノックの音が妙に大きく廊下に響く。

「……誰だ？」

中からは聞き覚えのあるテノールの綺麗な声。

私の心臓に響く声。

「ジャルトでございます。坊ちゃまに素敵なお客様がいらっしゃってますよ」

「……客？　俺にか？」

少し訝しむような声。

それを聞いて、ジャルトさんが茶目っ気たっぷりにウインクしてくる。

「はい。坊ちゃまにお客様です。手紙を持って来て下さったそうですよ。早く出ていらして下さい」

部屋でガタゴトと物音が聞こえる。

そして……。

「俺に客なんて滅多に来ないだろう」

キィィ……と小さな音を立てて扉が開いた。

バーニヤさんにソッと背中を押されて、胸に手紙を抱きしめたまま一歩前に出る。

そして、緊張から俯きがちだった視線をパッと上げた。

「一体誰が来たって……」

「……っ」

私とタジーク様の視線が合わさり、時が止まった。

「何で君がここに？」

「……えっと、タジーク様……ですよね？」

お互い目をまんまるにしながら相手を凝視する。

タジーク様が私の姿を見て驚くのはよくわかる。

だって、どうやらジヤルトさん達は私の来訪の話を聞いても、タジーク様が逃げないように事前にその事を伝えなかったみたいだし。

でも、ここにタジーク様がいる事を知っていて、彼と会う事を目的に来ていた私が驚く理由は本来ないはずだ。

ない……はずだった。

「ず、随分、先日とは雰囲気が違いますね……」

「……まぁ」

私の言葉に小さく返したタジーク様は……。

長い前髪で目元を隠し、髪の毛もボサボサ。

着ているシャツは皺だらけでだらしなく胸元が開いている。

おまけに何故かシーツを頭から被《かぶ》っている。

一見浮浪者かと見間違いそうな格好なのに、着ている服の質は良く、腰にはしっかりと剣をぶら下げていた。

正直、一体目の前で何が起こっているのだろうかと思った。

先日とのギャップに戸惑う。

しかし、その一方で、お兄様があれほどこの縁談を渋っていた理由が何となくわかったような気がした。

「タジーク様、今日はお仕事はお休みなんでしょうか？」

「……俺はこの家……主にこの部屋を守る事が仕事だ。職場には滅多に行かないし、部屋からも滅多に出ない」

私の質問にムスッとした態度で答えるタジーク様。

要するに、彼は職場に滅多に行く事がなく、自宅の警備……というか自室の警備を主な職務としていると。

なるほど。自宅警備隊なんですね。

でも、それってつまり……。

「引きこもりというやつですか?」

「周りの奴は皆そう言っているな」

「……」

ちょっと言葉を失った。

チラッと後ろを振り返ると、ジャルトさんとバーニヤさんが気まずそうに苦笑している。

ミモリーに至っては頭が痛いとでもいうように額に手を当てて、眉間に皺を寄せ俯いている。

私は再び視線をタジーク様に戻した。

彼はやはりムスッとした顔をして、長い前髪の向こうからその紫水晶の瞳で私を見下ろしている。

髪をオールバックにしていた先日と違い、その顔は半分ほどが前髪に覆われていて見えない。

出会ったあの時とはかけ離れた姿。

あの時に見た、理想の騎士様のような姿ではない。

ない……のだけれど……。

気だるげに、そして面倒くさそうに向けられた視線。

長い前髪の隙間から見えるそれとかち合った瞬間、パーティーの時に感じたものと同じような胸の高鳴りを感じる。

……ふむ。やはり私好みの顔をしてらっしゃる。

ちょっと不機嫌そう……硬派な感じもやっぱり格好良い。

何よりも、一見不躾《ぶしつけ》なように見えて私の事を注意深く探っているその瞳の奥に見え隠れする、不器用な優しさに溢れた光。

それを感じてしまうと、この方の本当の姿をもっと知りたくなる。

ここは一先ず……。

「タジーク様、お手紙をお届けに参りました」

ニッコリと笑顔で手紙を差し出す。

「……あ、あぁ」

タジーク様は私の態度に軽く片眉を上げつつも、差し出した手紙を受け取り、ペーパーナイフも使わずに手早く指で封を破り中を確認する。

彼の眉間に皺が寄った。

「……このオルセウス殿からの手紙には、君とデートをするように書いてあるが?」

あれ？　オルセウス殿って……誰でしたっけ？　あ、団長様のファーストネームですね。

そうか。タジーク様、パーティーの時は「カインツ殿」って呼んでたけれど、普段は団長様の事をファーストネームの方で呼んでるんだ。

ということは、私が思っていた以上に団長様とタジーク様は親しい仲なのだろうか？

いや、今はそれよりも団長様が書いてくれたという手紙の内容の方が重要だ。

「まぁ！　そのような事が書いてありましたの？」

団長様、お兄様が言うように押しが強いですね。

でも、大歓迎です。

引きこもりだったのはちょっと意外だったけれど、私はまだ彼の事を何も知らないのだから、引きこもりな面も含めて互いを色々知った上で縁を深めていきたい。

そうしたら、良い面ももっと出てきそうな気がするし。

それらを知った上でお互いに答えを出すのもきっと悪くないだろう。

「では、まず手始めに、ご一緒にお茶でも如何《いかが》ですか？」

ここはタジーク様のご自宅ですけれど、誘ってくれるのを待っていたらそのまま追い返されそうな気がする。

折角首の皮一枚で繋がった縁なのですから、そんな事はさせません。

幸い、こちらにはタジーク様の結婚について心配するジヤルトさんとバーニヤさんという心強い味方がいるのです。

二人に頼めば、きっとタジーク様からの指示がなくてもお茶ぐらい淹れてくれるはずです。

それに田舎貴族の娘が抱く良縁への執着を舐めてはいけませんよ？

『引きこもり』になんて、負けないんだから！

「……俺はこの部屋を警備する仕事で忙しい。帰ってくれ」

……パタンッ。

扉を閉められた。

…………。

コンコンッ。

一先ずノックをしてみた。

コンコンッ。

「……帰れ」

コンコンッ。

「……帰れ。俺はここから出ない」

……バンッ！

「……しつこいぞ」

ノックをし続け、やっと扉が開きタジーク様が出て来た為、ニッコリと笑みを浮かべる。

「第二騎士団長様からのお手紙にもデートをと書いてあったのですよね？　今日はお忙しいとの事ですが、いつだったらデートしていただけますか？」

「俺は年中無休で自宅警備だ！」

「まぁまぁ、そう言わず。お仕事には休日も必要でしょ？」

「休日は自室で休む」

「それって仕事の日と何が違うんですか？」

「……」

あ、黙った。

「それで、次の休日はいつですか？」

「コリンナ嬢、君には関係のない話だ」

眉間に皺を寄せて睨まれる。

関係ないとか言われたけれど、そうはいかない。

「いえ、デートの予定を立てようとしている私にはとても関係のある事だと思いますが？」

「デートはしない。以上。今日はもうこれで帰ってくれ」

バタンッ！

また勢い良く扉が閉められた。

……なるほど。これは手強《てごわ》そうだ。

「わかりました。今日はこれで失礼いたします。……『今日は』ね」

正直、タジーク様が引きこもりで普段の格好があのような感じだったのには驚いた。

実は冷静に振る舞っているように見せかけて、私も少し動揺している。

ここは一度撤退して気持ちを整理し、作戦を練り直した方が良いだろう。

今日もタジーク様とほとんど会話らしい会話をする事は出来なかった。

けれど、彼の新たな面を見る事ができ、ついでにお兄様が何故この縁談に消極的なのかもわかった。

そして何より……。

「私共はあの坊ちゃまのお姿を見ても引かないでいて下さったコリンナお嬢様を応援しておりますからね」

「いつでもいらっしゃって下さい。坊ちゃまが何か文句を言いましたら、このバーニヤが説き伏せて差し上げます」

とても心強い味方を手に入れる事が出来た。

それはジャルトさんやバーニヤさんだけでなく、彼等の後ろでうんうんと頷きながら私とミモリーを見送ってくれているメイドさんや侍従さん達もだ。

「コリンナお嬢様、お帰りは当家の馬車をお使い下さい」

少しの驚きと大収穫に胸をいっぱいにして玄関を出ると、目の前に我が家の馬車とは比べ物にならないほどの立派な馬車が停まっていた。

来る時は辻馬車で来たから、帰りも大通りまで歩いて馬車を拾おうと思っていたのだけれど、どうやら私達の為にこの屋敷の方々が用意してくれたようだ。

「お気遣いありがとうございます」

「いえいえ。馬車につきましては我々ではなく、坊ちゃまのご指示ですので」

「……え？」

先程まであれだけ「帰れ、帰れ」と言っていた人が、私の為にわざわざ馬車を手配して下さったというのだろうか？

驚いて、タジーク様の自室のある方角を見ると、閉じられたカーテンの隙間からチラリッと銀色っぽいものが一瞬見えた。

けれど、それはあっという間にぴっちりと隙間なく閉められてしまったカーテンによって見えなくなる。

……そうか。お兄様も仰っていたけれど、やっぱり彼は少し変わってはいるけれど悪い人ではないようだ。

タジーク様の衝撃の姿により、少し収まりかけていた胸の鼓動がまた勢いを取り戻し始める。

「それでは、タジーク様に私が感謝していたとお伝え下さい」

「はい。必ずお伝えいたします」

ニッコリと笑うジャルト様の顔は穏やかで何処か満足げだ。

「コリンナ様、これに懲《こ》りず是非またいらして下さいね。坊ちゃまはその……色々抱えていらっしゃる方なので、ひねくれてはおりますが、決して悪い方ではないので」

少しの不安と心配を滲ませつつ、私の手をギュッと握ってくるバーニヤさんの手は温かい。

「ええ、もちろんです。王都にいる間はタジーク様が嫌がっても毎日通わせていただくつもりですので」

「是非是非そうして下さいな！」

バーニヤさんを安心させるように全開の笑みで日参宣言をする。

もしかしたら、少しは迷惑そうな顔をされるかもしれないという思いがあったけれど、そんな雰囲気は微塵も感じさせないガーディナー家の使用人達の様子に、少しホッとする。

あぁ、私、もう少し頑張れそうだわ。

タジーク様の反応は決して良いものではなかったけれど、彼の優しさにも触れる事が出来た。

それに、彼が引きこもりだというなら、お付き合いを目指すにしても順を追って事を進める必要があるだろう。

ガーディナー家の馬車に乗り、ミモリーと共にお兄様の家へ向かう中、私は彼とデートする為に、一先ず部屋から引っ張り出す計画を練る事にした。

「明日から忙しくなりそうね、ミモリー」

「私はお嬢様のメンタルの強さについていけなさそうです」

何処か呆れを滲ませた目を向けてくるミモリーに「それは愛の力よ」と冗談めかして言うと、更に呆れの色が濃くなった。

＊　＊　＊

タジーク様のお宅訪問をしたその日の夜。

ここ最近ずっと深夜まで帰って来なかったお兄様が、まだ夕方とギリギリ呼べる時間帯に帰って来た。

折角王都に来ているのだから、たまには外食をしようと誘われ、私達はお兄様お勧めのレストランへと行く事にした。

「お兄様、これは何のお肉ですか？　とても美味しいですわ！」

「それは鴨だよ。家でだって食べた事があるだろう？」

「家で食べた物とは別格ですよ。お肉の質の問題かしら？　それとも調理方法の問題？」

「さぁ、どうだろうね？」

テーブルマナーにはそれなりに気を付けつつ、それでもモリモリと勢い良く食べていく私を見て、お兄様はお酒をチビチビと飲みつつ笑っている。

「……それで、ガーディナー第六騎士団長とは会えたのかい？」

食事もひと段落ついた頃、お兄様が恐る恐るといった感じで話を切り出した。

時々チラチラとこちらを窺うような気配を感じたから、きっとその事を聞きたいんだろうなと思っていたら案の定といった感じだ。

「えぇ、会えましたわ。……お兄様が内緒にしていたのは彼が引きこもりだという事だったのですね」

食後の紅茶を飲みながら上目遣いに睨むと、お兄様がばつの悪そうな顔をした。

「そうだよ。彼は社交界にも職場にも滅多に顔を出さない引きこもり騎士として有名なんだ。それこそ、王都に住む未婚の貴族令嬢達がこぞって縁談を避けるレベルでね」

なるほど。これで合点がいった。

彼のように容姿も良く、家柄も地位も高い優良物件が未だに売れ残っている理由がよくわかった。

私が暮らしていた縁談相手の選択肢が全くないような田舎ならともかく、王都は大勢の有力貴族が集まる場所だ。

敢えて引きこもりでほとんど仕事にも出てこないような人を結婚相手として選ぶ必要なんてない。

ましてや、必要以上に体面を気にするのが貴族だ。

たとえ事実でなくても変な噂が立った相手は避けられるのが当たり前。

彼の場合は事実、引きこもりのようだけれど、それ以上に『引きこもりで有名』な事の方が問題としては大きいのだろう。

「団長様は私がその話を聞けば会う前に避けるだろうと判断して、敢えて耳に入れないようにお兄様に言ったのですね」

「そういう事だ。ついでに言うとお前が選ばれた理由の一つとして、『彼が引きこもりで有名な事を知らない』というのも含まれている」

今まで隠していた事を私が直接見て知ったせいか、何処か諦めたようなホッとしたような様子でお兄様が話す。

「でも、そんな職場にも顔を出さないような方がよく騎士団長なんてやってられますね」

私は彼が引きこもりだからと言って、彼を嫌いになったわけではないし、非難する気もない。

デートする為に部屋から引きずり出そうと企んではいるが、あくまでそれは私を知ってもらう為の手段なのであって、彼自身を馬鹿にする気はない。

けれどそれとは別に、引きこもりが団長をしているという事がおかしいと感じる感覚ぐらいは持っている。

引きこもりだからいけないというわけではなく、団長という地位に就いている以上それなりに仕事も責任もついて回るだろう。

それが家に引きこもっていては果たせないだろうと思うから不思議に感じるのだ。

「それはな、元々第六騎士団がそういう変わり者だけど、それなりの家柄だったり事情があって簡単に切るわけにもいかないという人達を集めた騎士団だからだよ。それぞれの特技や仕事スタイルに合わせた仕事をやったりはするけれど、他の騎士団に比べて実務がほとんどないから、『名誉騎士団』なんて通称で呼ばれていたりもする」

「……名誉騎士団」

何ですか。その無駄に名前だけは格好良いのにろくでもない感じが漂いまくっている騎士団は。

「つまり、彼が引きこもっていられるのも、彼の所属先が……」

「名誉騎士団だからだろうな。要はほぼ名ばかりの騎士というやつだからね。まぁ、彼の場合はそうは言っても騎士団長なだけあって、それなりに仕事もあるから時々は職場に出て来るけどな」

一応、少なくても存在はしている騎士団長の仕事はちゃんとこなしているという事かな？

「引きこもりなのに、時々とはいえ、職場には出て来ているのですね」

その点は評価しても良いのかもしれない。

……自分でも、ちょっと評価基準が低めな気がするけど。

「彼は『家から出てこられない』タイプではなく、『自ら出ようとしない』タイプの引きこもりだからね。面倒くさそうにはするけれど、必要だったらちゃんと出て来るし、この前みたいなパーティーに参加する事も出来る。ただ、ちょっと頑固ではあるから自分で出ないと決めたら梃子《てこ》でも動かない」

何となくそれはわかる気がする。

そう考えると、タジーク様とデートをする為には、こちらも気合を入れて説得する必要があるという事だろう。

無理に引っ張り出そうとすれは、余計に自分の殻に閉じこもってしまいそうな気もするし、この辺のさじ加減は難しそうだなぁ。

「ちなみに、以前団長が無理矢理肩に担いで屋敷から連れ出した時は、その後かなりの期間部屋から一歩も出なくて大変だったみたいだよ」

それは何というか……団長様の強引さも酷いけれど、タジーク様の悪化具合も酷いですね。

「そんな事があっても、タジーク様に無理矢理縁談を勧められる団長様、凄いですね」

「ああ、あの人の鋼《はがね》のメンタルは俺も凄いと思うよ。ただ、あんな風になりたいかと尋ねられると答えに困るけれど」

「同感です」

しかし、団長様とまではいかなくても、私も頑張らないと何一つ変わらなそうだという事は確かだ。

もちろん、少しあしらわれたからと言って簡単に諦めているようでは、きっと彼との恋のスタート地点にも立てないはずだ。

やり方はともかく、鋼のメンタルは見習っても良いかもしれない。

「それで、お前はタジーク様が引きこもりだと知ってどう思ったんだい？　やっぱりこの縁談やめたくなったんじゃないのかい？」

少し考え込む素振りを見せた私に、お兄様が勢い込んで尋ねてくる。

でも……ごめんなさい。私は全く諦める気はありません。

「確かに少し驚きはしましたし、これは手強そうだなとは思いましたけれど……まだ諦めるまではいってませんよ？」

「え？　でも、彼は引きこもりで、家どころか部屋の外にすらあまり出てこないんだよ？」

私の返答が自分の予想と異なっている事に驚いた様子のお兄様。

まぁ、気持ちはわからなくもないけれど……ほら、恋は盲目と言いますし？

「タジーク様に私の事をもっと知っていただきたいとは思っているので、デートくらいは行きたいなと思っていますよ。でも、私は引きこもりだから諦めるのではなく、どうやったら出て来てくれるようになるかについて考えたいんです」

きっと諦める方が楽ではあるけれど、きっと何もせず諦めたら後悔すると思う。

なら、当たって砕けるつもりで精一杯チャレンジしたって良いじゃないか。

「何ていうか……我が妹ながら、物凄くポジティブだな、コリンナは」

「フフフ……。最悪お兄様に慰めていただけるという安心感もあるから頑張れるのですよ」

妹らしく可愛らしさを意識して笑いかける。

今日はちょっと疲れたし、妹としてお兄様に甘えたい気分なのだ。

もちろん、そんな考えなどお見通しのお兄様は少し苦笑いを浮かべつつも、優しく私の頭を撫でて甘えさせてくれる。

「頑張るのは良いけど、程々にな。お兄様は可愛い妹が傷つくところはなるべく見たくないんだ」

「はい！　もちろんです」

お兄様の優しさに包まれて、明日からのエネルギーをチャージする。

ついでに、食後のデザートももう一つ追加で頼んで、栄養もチャージしておこう。

……もちろん、お兄様の奢《おご》りで。

可愛い妹に、縁談の相手が有名な引きこもりだった事を黙っていたのだから、これぐらいの我儘は許されて当然だろう。

5　突撃あるのみ!!

コンコンッ。

「タジーク様！」

……。

コンコンコンコンッ。

「タジーク様！」

……。

コンコンコンコンコンコンッ。

「タジーク様！」

……カッカッカッカッ。

バンッ！

「……煩い。そして何故また君が我が家にいるんだ」

ひたすらノックしては名前を呼ぶ事、数回目にしてタジーク様が自室から出てきて下さった。

「おはようございます。朝食をご一緒いたしましょう」

イライラした様子のタジーク様。

私はそんな彼に向けて満面の笑みで朝の挨拶と朝食のお誘いをした。

「だ・か・ら！　何故君が我が家の、それも俺の部屋の前で朝食の準備をしてるんだ‼」

タジーク様の部屋の前には、庭でお茶をしたりする時などに使う、持ち運び可能なテーブルセットが置かれている。

更に、そのテーブルの上には湯気の立つ作り立てホヤホヤの美味しそうな朝食が並んでいた。

ちなみにガーディナー家の使用人達に協力してもらいつつ、これらの用意をしたのはこの私だ。

「まぁまぁ。朝食が冷めてしまいますよ」

そう言って、ドアの前に仁王立ちしているタジーク様の為に椅子を引いて促す。

手慣れているように見えるって？

それは当然だ。

タジーク様のお宅への初訪問以降、私はこうして毎日タジーク様のお宅を訪問している。

そして、最近では似たようなやり取りを毎日のように繰り返しているのだから、いい加減手慣れてもくるというものだ。

「さぁ、ガーディナー家自慢のシェフの作った朝食ですよ！　物凄く美味しいんですよ！　一緒に食べましょう」

「だから、何故君が我が家のシェフを主人である俺に対して自慢してるんだ」

こうして、タジーク様が不満そうに言うのも最近では日課のようなものである。

それに、こうやって反応を返して下さるようになったのだって、私にとっては大きな進歩なのだ。

……最初の内なんて、無視が当たり前だったのだから。

＊＊＊

私だって、最初の頃はそれなりに遠慮をしていた。

待ちの姿勢や控えめなアプローチは、タジーク様には厳禁だと思ったから、押せ押せで行くつもりではあったけれど、それでもやり過ぎはいけないと思い、毎日のお宅訪問とお部屋への声掛け程度で留《とど》めていたのだ。

いや、もちろん、普通の淑女の行動ではないとは私も思いますよ？

けれど、ガーディナー家の使用人達に、タジーク様にはそれぐらい……否、もっと上のアプローチでないと返答すら貰えないと言われてしまったのだ。

最初は半信半疑だった私も、三日連続で会話どころかノックをしても返事すらもらえなかった時には、それが真実である事に気付いた。

だから、今度は扉の前で一人で語り掛けるようにしたんだけれど……中で物音がするという程度の反応（？）はあれど、それでもやはり返事はしてもらえなかった。

ついでに言うと、返事もないのに一人で長時間話し掛け続けるのは結構辛《つら》かった。

それに廊下でずっと立ちっぱなしなのも辛かった。

見かねたガーディナー家の使用人達が、タジーク様の部屋の前にソファーとお茶をする為のローテーブル、それにひざ掛けまで用意してくれた。

とても嬉しかった。

それに、部屋の前でガッタンゴットンとお引越しさながらの物音を立てていた為、タジーク様が「煩い！　一体お前達は何をやっているんだ！」と顔を出して下さったのは大きな収穫だった。

あの時、タジーク様は怒って早く撤去しろと言っていたのに、私ときたら顔を見られたという事実だけで感動と言い様のない喜びを感じ、つい目が潤んでしまったものだ。

ちなみに、タジーク様の「撤去しろ」という命令は使用人達には華麗に無視されていた。

それどころか、やっと顔を出したタジーク様にバーニヤさんが「自分の事を慕ってくれる女性に対して無視を続けるなんて何事か」と説教をしていた。

タジーク様は不満そうな顔をしていたけれど、勢いに押されて反論は出来なかったようだ。

ガーディナー家の使用人、強いなぁと思った。

結局、その後もタジーク様の無視は続いた為、私は作戦を変える事にした。

名付けて『野良猫を手懐けよう作戦』だ。

今現在、私の実家の住人になっている元野良猫のミャーちゃん。

彼女は最初、我が家の床下に住みついていたのだけれど、仲良くなろうとしても警戒心が強くて、近くに人がいる時は決して床下から出て来てくれなかった。

手を伸ばせば引っ掻かれるか、手の届かない奥に逃げられるかのどちらか。

まさに今のタジーク様のような感じだ。

そんな彼女と仲良くなる為に使ったのが、餌付けという名の贈り物作戦。

毎日毎日、ミャーちゃんが出入りしている床下の入口の所に贈り物の餌を置き、少し離れた所から出て来るのを待ち続ける。

最初は私が見ていると知れば当然出て来なかったし、それどころか贈り物に手を付ける事すらしなかった。

けれど、徐々に見ていない時だったら食べてくれるようになり、更に月日が経って私という存在に慣れてくると、私が見ていても離れてさえいれば出て来て食べてくれるようになった。

そこから徐々に餌場を出入り口から離してみたり、手に持った状態で誘ってみたりを繰り返し、数年がかりでやっと我が家の飼い猫として迎える事が出来たのだ。

私はその時の事を思い出して、まずはタジーク様を部屋からおびき出す為に贈り物を部屋の前に置く作戦を決行する事にした。

「タジーク様！　タジーク様はどのような物がお好きですか？　ご趣味は？」

いつも通りドアをノックした後、室内に向かって尋ねてみたけれど、当然反応なし。

しかし、私のその問い掛けをたまたま通りがかって聞いていた執事のジヤルトさんが、代わりに答えてくれた。

ちなみに、その間ミモリーは、私の待機用にセッティングされたソファーで、自分で淹れたお茶を飲んでのんびり過ごしていた。

私は必死でアピールしているのだけれど、ただただその様子を傍観しているだけの彼女はその時には既に飽きてしまっている様子だった。

いや、飽きたというよりはもう呆れており、『どうぞご勝手に』という感じな気もする。

「タジーク様はご本がお好きなんですね！　それに肉料理や果物が入ったお菓子なんかも好まれるのですね！」

ジャルトさんからの有力な情報を基に、その日から私はタジーク様のお宅に伺う前に、町で買い物をするようになった。

もちろん、タジーク様への贈り物を手に入れる為だ。

最初の贈り物は本にする事にした。

ジャルトさんからの有力情報によると、タジーク様は無類の本好きで、部屋に籠っている間は本を読んでいる事も多いらしい。

そして、本であればどのようなジャンルの物でも選《え》り好みせずに読まれるのだそうだ。

要するに、彼の好みにぴったり合ったものを見付けるのは難しいかもしれないけれど、ハズレに当たる確率も低いという事だ。

彼の好みがわからない現状としては、比較的選びやすい贈り物である。

更に、本の作製が全て手作業だった昔に比べ、最近は比較的簡単に量産する技術が発展してきた事もあり、本の値段は平民でも買える程度にまで下がっている。

要するに、私でもお小遣いの範囲でそれなりの冊数を買って贈る事が出来るという事だ。

「ねぇ、ミモリー。この本はどうかしら？　少し読んでみたけれど面白そうなの」

「よろしいのではございませんか？」

「ねぇ、ミモリー。こっちの本はどう？　題名が気になると思わない？」

「よろしいのではございませんか？」

「……」

ミモリーはどうやら私の本選びには協力してくれる気がないようだ。

こちらを見もせず、自分が興味のある本をパラパラと捲《めく》って生返事を返してくる。

「ねぇミモリー、相手をしてもらえないのがちょっと寂しいわ」

「あら、それは失礼いたしました。最近、お嬢様は扉にばかり話し掛けていらっしゃったので、そういうのがお好きなのかと……」

「ミモリー……」

「冗談です」

少し涙目になって見つめると、渋々と相手をしてくれるようになった。

ガーディナー家の使用人もあまり主人の言う事を聞かないみたいだけど、我が家の使用人もどうやらその傾向があるようだ。

そんなこんなで、私は何とか購入した本を手にタジーク様の部屋の前に日参した。

そして、相変わらず扉を開けて下さらないどころか返事すらしてくれない彼の部屋の前に、購入した本をどんどん置いていく事にした。

そんな日々が続く事四日目。

事件は起こった。

ガンッ！　ガンッ！

いつも通り本を片手……もとい両手に持ち、彼の部屋に向かうと、いつもは静けさに包まれている彼の部屋から何かを打ち付けるような物音が聞こえた。

急いで音の正体を探る為に、いつも通り私を屋敷へと招き入れてくれたジヤルトさん達と共にタジーク様の部屋に向かうと……。

「な、何なんだ。ドアの前に何かあって開かない。おい、誰かいるか⁉　ドアの前にある物をどけてくれ。で、出られない」

私がタジーク様への貢ぎ物として置いていた本達が邪魔になり、部屋から出る事が出来ず四苦八苦しているタジーク様の姿があった。

慌てて駆け寄り、ジヤルトさん達やミモリーと協力して、扉の前に積んであった本を取り去った。

やっと部屋から出られたタジーク様は、事態の原因となった物を見て、頬を引き攣らせた。

「何故、君の買ってきた本は辞典や分厚くて重そうな本ばかりなんだ！　それに何故、世界の植物全集が一巻から二十巻まで置いてあるんだ！　その上、このデカい果物は何だ。どうしてこんなものまで俺の部屋の前に供えてあるんだ‼」

初めて部屋から出て来て下さったタジーク様にお説教された。

どうやら、それまでは何とか押せば本も一緒に移動する形で扉が開く状態だったのに、昨日安売りしているのを発見して「タジーク様が喜んで下さるかも！」と思いまとめ買いした世界の植物全集と、それらを運ぶべく何度もお店とタジーク様のお宅を行き来している途中で衝動買いした大きくて丸い緑と黒のストライプが入った果物が駄目押しになって、扉が開かなくなってしまったようだ。

ミモリーにも協力してもらったとはいえ、あれを運ぶのは本当に大変だった。お店がある所が比較的近かった事や、途中から見かねたガーディナー家の使用人の方が手伝ってくれなかったら、きっと挫《くじ》けていたと思う。

こういう時に、自分の家の所有している馬車がここにない事や、お店の人に運んでもらう為のお金をケチってしまう貧乏令嬢根性の辛《つら》さを痛感する。

……ミモリーに言ったら、貴族令嬢の発想じゃないとか、そこはケチらないで下さいと言われてしまったけれど。

タジーク様のお宅に伺う度に、何故か本が廊下の中央寄りに移動していて、邪魔になるだろうと思い毎回扉の前の定位置に頑張って戻していたのだけれど、あれがタジーク様が扉を開ける際に押し出されていたからだったなんて……。

「……タジーク様、ごめんなさい。私、タジーク様に少しでも喜んでほしくて」

涙目になりながらしょんぼりと謝ると、私に対してこんこんと説教をしていた声が止まり、深い溜息が落ちてきた。

「もういい。本はこちらで回収しておく。今後は扉の開閉する位置には置かないでくれ」

そう言うと、私が一～二冊持つのが精いっぱいだった本を一気に十冊ぐらい持ちながら中へと運び込み始める。

私はその光景を呆然と見つめつつも、歓喜が湧き上がるのを感じた。

だって、ずっと放置されていた私の贈り物を、どのような形であれタジーク様が受け取ってくれたのだもの。嬉しくないはずがない。

私は、タジーク様の仰った注意事項に何度もうんうんと頷きながら、自然と笑みが零れるのを止められなかった。

「タジーク様、有難うございます」

最後の本を運び入れ、部屋の中へと戻っていく彼の背中に私はお礼を言った。

「……この場合、本来お礼を言うのは俺の方だろう」

足を止め、振り返りもせずそれだけ告げると、タジーク様は静かに部屋の扉を閉じた。

「ミモリー、やったわ！　タジーク様が贈り物を受け取ってくれたの。それに久々にお顔を拝見できたし、今までにないほどお話もして下さったわ!!」

タジーク様の姿が見えなくなるとすぐに私はミモリーに喜びの報告をした。

「いや、お嬢様。現実を見て下さい。あれはお話ではなく怒られたというのです。それに贈り物も受け取ったというより、邪魔だから片付けられたというだけの話です」

「でもお部屋の中には持って行って下さったわ！　もしかしたら読んで下さっているかもしれない。そう期待できる状況じゃない!?」

「お嬢様は何というか……相変わらず超が付くほど前向きですね」

ミモリーはやっぱり呆れた表情をしている。

でも、今日の私は機嫌が良いからそんな事は気にならない。

「大丈夫ですよ。坊ちゃまはお部屋に新しい本があれば必ずお読みになりますから。この残されたフルーツは……夕食の時にでも、当家の料理長にデザートとしてお出しするように渡しておきますね」

笑顔で請け負ってくれたジャルトさんの言葉に、更に胸が躍る。

「これで少しは前進できたかしら？」

「本当にお嬢様は……いいえ、もう何も言いません」

ミモリーが深い溜息を吐く。

けれど、それ以上は本当に何も言ってこなかった。

「さぁ、明日からは作戦の第二段階に移りましょう！」

「……一応私はコリンナお嬢様付きの侍女で、無茶をなさる場合はお止めしないといけないので、本当は聞きたくないですけれどお尋ねします。作戦の第二段階とは何ですか？」

とても嫌そうな顔をしながらも、渋々尋ねてくるミモリーに、私はニヤリッと口の端を上げた。

「それはもちろん、胃袋を掴もう作戦よ！　お兄様達が以前話していらっしゃったもの。男は美味しいお料理に弱いって」

いつか自分に好きな人が出来たら参考にしようと思い、素知らぬ顔して盗み聞きしていた、フールビンお兄様とジミールお兄様の理想の女性像についての会話。

お酒が入っていた事もあり、胸が……とか、お尻が……とか下品な話も交ざっていたけれど、いくつか参考になる意見もあった。

その中の一つが『男は胃袋を掴まれると弱い』という話だ。

容姿やスタイルについては持って生まれたものもある為、努力ではどうしようもない事も多い。

でも、料理だったら頑張れば何とかなる。

それに、心強い味方——ミモリーだっているのだ。

試してみない手はない。

「ミモリー、明日からお菓子作りをするわ！　幸い、タジーク様は果物を使ったお菓子がお好きらしいし。そうよね、ジャルトさん？」

確認するようにジャルトさんに視線を向けると、「そうですよ」と頷いて下さる。

その場にいた他の使用人達も「うんうん」と頷いてくれているから、かなり正しい情報だと言えるだろう。

「ねぇ、協力してくれるわよね？」

「私が協力しない場合はどうなるのでしょうか？」

「勘で作る的な？」

ミモリーが協力してくれないという事は、それすなわち作り方すらわからないという事だ。

協力してくれたところで、私主体で作るとなると、ちゃんとした物が出来上がるか少々自信がない。

普段、お手伝い程度の料理しかした事がない私だ。

その辺の実力については、きちんと把握している。

把握している……けれど、タジーク様に私の作った物を食べていただきたいと思ってしまった以上は頑張るしかない。

たとえ、ミモリーという最強の切り札を失った状態だったとしても。

「……お嬢様お一人の問題ではなく、ゼルンシェン家の恥、もしくは御家同士の問題になりそうな予感がするので、協力させていただきます」

ミモリーをジッと見つめ、「お願い」と掌を合わせ小首を傾げると、彼女は渋々頷いてくれた。

こうして翌日から、私の手作りお菓子作戦が始まった。


毎日毎日色々な種類のお菓子を作ってはタジーク様の所に持っていく私。

手渡したくて、出来れば一緒に食べたくて、開けてもらえないのを知りつつも毎日ノックをしては声を掛けていた。

結局手渡す事が出来なかったお菓子は、持って帰るのもどうかと思い、本の時のように置いて行こうかと思ったけれど、「食べ物を床に置くのもなぁ」としばし悩んでしまった。するといつの間にかやって来たバーニヤさんがタジーク様にお供えする為のミニテーブルを扉の横に設置してくれた。

それを見て安心した私は、それから持って行った物は全てそのテーブルに置いていく事にした。いつか私のいない時に顔を出したタジーク様が、それらに興味を示して食べてくれるのを期待して。

「お嬢様。こういうの、ストーカーがよくやる手ではありませんか？」

「なっ！　ち、違うわよ。私はこそこそと渡したりしてないし、タジーク様にも声を掛けているし、お屋敷の人だって了承してくれているもの」

「……捕まるような事だけはしないで下さいね」

「……はい」

いつもの呆れ顔とは違い、真面目な顔でミモリーに言われた私はそう返事をするしかなかった。

ただ、翌日タジーク様の所に伺った時に、あまりの不安にタジーク様自身（扉越し）に直接ストーカーになってないかを何回も確認したら、「煩い！　大丈夫だからもう黙ってくれ」と言われたので、きっと大丈夫だろう。

安心してホッと息を吐いた私に、ミモリーが何故か冷ややかな目を向けていたけれど、理由はよくわからなかった。

そこから暫くは、あまりしつこくはしないよう意識しつつ、お菓子を届ける事だけを続けていた。

そんなある日、またしても事件が起こった。

「……頼む。大量のお菓子を部屋の前に置いていくのは勘弁してくれ」

珍しく部屋の外に出て、壁にもたれるように立っていたタジーク様に、開口一番にそんな事を言われた。

やはり好きでもない女の手作りのお菓子は迷惑だったのかとしょんぼりしつつ、彼の言葉に耳を傾ける。

その間、彼の部屋からは珍しくガタゴトと物音が聞こえており、誰かがいるようだった。

もしかして、彼の本命の女性でも来ているのかもしれないと思うと、胸が締め付けられるように苦しくなって、涙が滲みそうになる。

「あ〜、何を考えているかはその顔を見れば予想が付くが、違うからな」

気まずそうにボサボサの頭を掻きながらタジーク様が否定の言葉をくれる。

それに勇気付けられるように顔を上げると、彼は私の顔を見て深く溜息を吐いた。

「部屋の前に大量の甘い物がずっと置いてあったせいで、部屋に蟻《あり》が出るようになってしまったんだ。今、中でジャルトとバーニヤが掃除と蟻退治をしてくれている」

「なっ‼」

私の顔から血の気が引いた。

まさか私の置いていったお菓子がそんな惨事を招いているなんて思いもしなかった。

慌てて扉の横のミニテーブルを見れば、私のお菓子は綺麗に片付けられていたが、テーブルの上に小さな蟻が一、二匹いるのが見えた。

「ご、ご、ご、ごめんなさい‼　わ、私もすぐにお手伝いをします」

慌ててスカートのポケットからハンカチを取り出し、とりあえず目の前にいる蟻を外に出そうと手を伸ばすと、ハンカチが蟻に触れる前にタジーク様の手が私の手首を掴んだ。

「それは使用人がやる仕事だ。君がやる必要はない」

「し、しかし、私のしでかした事ですし……」

そう言って、タジーク様は少し離れた所で待機していたメイドを呼び、指示を出して蟻とテーブルを片付けさせた。

私はその光景を申し訳ないという気持ちでいっぱいのまま、見ている事しか出来なかった。

あぁ、何でこうも失敗ばかりなんだろう。

もう穴があったら入って上から土を掛けてもらって埋まりたい。

「はぁ……。気にするな。君のその感情駄々洩れの顔を見れば、悪意があってやった事じゃないのはわかる。それに、俺も折角君が毎日頑張ってお菓子を作ってきてくれていたのに、一切食べずに放置した。君だけのせいじゃない」

溜息を吐いた後、ムスッとした態度で告げたその言葉は、態度とは裏腹に私を気遣って下さるものだった。

でも、だからこそ余計に罪悪感が湧き上がってくる。

「で、でも……。せめて罪滅ぼしにお掃除のお手伝いぐらいはさせて下さい」

尚も食い下がる私を、少し眉を寄せてジッと見つめた後、彼は再び溜息を吐いた。

そして小さな声で、「ここまで顔にしっかりと感情が出てると、疑うのもバカバカしくなるな」

と呟いた後、チラッとご自身の部屋の扉を見た。

「……悪いが、俺は信頼のおける者以外に自室に立ち入られるのが嫌なんだ。この家の者でもジャルトとバーニヤ、他数名しか入れた事がない」

「……え？」

貴族の家では、部屋の掃除は普通メイドの仕事だ。

主《あるじ》の希望があれば、執事長だろうが侍女頭だろうがやってはくれるだろうけれど、本来の職務ではないだろう。

実際に実家の私の部屋の掃除も、ミモリーの他に掃除担当のメイド達が持ち回りでやってくれている。

そう考えると、自室への立ち入りを極端に制限しているのは異様な事だと言えるだろう。

「なにしろ、俺は引きこもりだからな。自分の部屋こそが俺の城。本当に信頼できる者以外立ち入らせたくない」

「……タジーク様は人間不信なのですか？」

思わず頭に浮かんだ言葉をそのままぶつけてしまう。

タジーク様は一瞬きょとんとした後、喉の奥で小さく「クッ」と笑った。

「普通、そういう事をそのまま本人に聞くか？」

「あ！　えっと、その……すみません？」

もう口から出てしまった言葉は取り返せないけれど、反射的に手で口を覆ってから謝った。

「何で語尾が疑問形なんだ」

小さくクスリッと笑うタジーク様の初めての自然な笑みに見惚れる。

やはりタジーク様は素敵なお方だ。

「全く、いつまでもこんな引きこもりにまとわりついていても良い事なんて何もないだろうに」

小さく儚《はかな》い幻のような笑みをあっという間に引っ込めてしまった彼は、今度は呆れの色を浮かべている。

その視線は、まるで理解不能な未確認生物を見ているような不思議そうなものだった。

「いいえ。タジーク様の笑顔が見られて、こうして声を掛けていただける機会に恵まれました」

「だから?」

まるで「一体何が言いたいんだ」と訝しむかのように、彼の眉間に皺が浮かぶ。

「ですから、ちゃんと良い事がありました」

ニッコリと満面の笑みで胸を張って宣言する。

ずっと会いたくて、会いたくて。でも無視されてばかりで、顔を見る事も、声を聞く事も出来なかった相手が今目の前で話している。

その上、一瞬ではあったけれど笑みも浮かべてくれた。

これが『良い事』でなかったとしたら、一体何が良い事だと言えるのだろうか？

「……変なご令嬢だな」

呆れ交じりの溜息が、少し優しい響きを帯びているように感じるのは私の気のせいだろうか？

「とりあえず、ここで掃除と蟻退治が終わるまで立っているのも面倒だな。……それは今日の分か？」

タジーク様の視線が私の後ろに控えていたミモリーの持つ荷物へと向く。

「は、はい。今日はドライフルーツ入りのパウンドケーキを焼いてきました」

ミモリーから今日の分のお菓子を受け取り、折ってあった紙袋の口を開いて中が覗き込みやすいように差し出す。

彼は一瞥しただけで袋の中を確認しようとはしなかったけれど、小さく頷いてはくれたからきっと納得したのだろう。

「部屋の事はジャルトとバーニヤに任せれば問題ないはずだ。掃除が終わるまで下で茶でも飲む事にするか」

「え⁉　それってもしかして？」

期待に心臓が高鳴る。

ブワッと顔の温度が急上昇したのも感じた。

落ち着け。落ち着くのよコリンナ。

下手に期待して叩き落とされたりなんかしたら、ショックでたまらないはずだわ。

だから、期待値は低めにしておくのが良いのよ。

でも……でも……。

頭では冷静にそう考えていても気持ちの方が勝手に暴れ狂いそうになる。

期待するな期待するなと自分に言い聞かせている内に、実際は期待してしまっている自分の存在を痛感する。

「今まで君が頑張って俺の為に作ってきた菓子を全てゴミにしてしまったお詫びに、一度だけお茶に付き合おう」

「っ⁉」

そう言うと彼は私の手首を掴み、そのまま屋敷の一階――来客をもてなす為の部屋へと連れていく。

あまりに突然降って湧いた幸運に、私の頭は真っ白になっていて、タジーク様に連れられるがままに歩いていた。

その日、初めてタジーク様と一緒にお茶をする事が出来た私は、ずっと喜びでボロボロと泣いていた。

そんな私の事をタジーク様は困った子供を見るような目で無言のまま見ていたけれど、途中で「まぁ、わかりにくいよりわかりやすい方が良いか」と呟いた後は、どちらも何も話さないその時間をゆっくりと楽しんでいるようだった。

タジーク様が私の作ったパウンドケーキを食べて下さった時には、嬉し過ぎて思わずそれまで以上に泣いてしまった。

タジーク様はそんな私を見て訝しむように少し眉間に皺を寄せたけれど、すぐに私が泣いている理由を察したのか、その後は特にこちらを気にする事もなく、彼の部屋の掃除が終わる時までのんびりとした時間を過ごしていた。

パウンドケーキの味については特に何も仰っていなかったし、私も「不味いと言われたらどうしよう」という不安があったから、敢えて感想は聞かなかった。

その後も毎日毎日タジーク様のお宅に通った。

その度に、部屋に閉じこもったままだったり、怒られたりもしたけれど、彼が私に声を掛けてくれる回数は、次第に増えていった。

部屋から出て来てくれない事も怒られる事も悲しかったけれど、落ち込んだ時に見せてくれるちょっとした気遣いのおかげで、そんな気持ちはあっという間に吹っ飛んでいった。

彼の顔を見られるのが嬉しい。

彼の声を聞けるのが嬉しい。

そんな思いが私の中で次第に膨らんでいく。

そうしている内に、タジーク様も私という存在に慣れてくれたのか、私の言動に呆れつつも少しずつ一緒に過ごす時間を増やしてくれるようになった。

そういった時間の始まりはいつも私のおっちょこちょいが切っ掛けで、それを見かねたタジーク様が文句やツッコミを入れたり制止する為にやって来る、という流れだったけれど、最初の頃の無視だけの時よりは、かなり距離を縮める事は出来たと思う。

彼曰く、「放っておくと何をやらかすかわからないから」との事だったけれど、私としてはかなり嬉しい変化だった。

＊＊＊

そして現在。

タジーク様は何とか部屋近辺、機嫌が良い時には敷地内であれば時々私の誘いに乗ってくれるようになった。

だから調子に乗った私は、彼と一緒にいられる時間を少しでも確保しようと、朝食や昼食、お茶の時間等に彼の部屋へと行き、誘うようになったのだ。

まぁ、彼が部屋から出て来てくれる確率が高いのは、今でも私が何かやらかし掛けた時が一番多いのだけれどね。

「さぁ、タジーク様、朝食を一緒に食べましょう！　タジーク様のお顔を拝見して食べる食事はきっと格別ですよ」

「俺は君の顔を見て食べても別に美味しくは感じない。むしろ静かに引きこもっていたい」

自室の扉を開けたタジーク様にそう言い切られる。そして私の後ろにはいつものように朝食のテーブルがセッティング済み。

「そんな事仰らずに。見慣れればそれなりに感じるかもしれませんよ？　愛嬌がある顔とはたまに言われるので。美人よりは見飽きないと思います」

「……君はその評価で良いのか？」

「まぁ、これぱっかりは変えられませんからね。私は愛嬌で勝負です」

「……そうか」

タジーク様、同情するような視線を向けるのはやめて下さい。

少しでも笑顔を見てもらいたいと思っているんで笑っていますが、地味に傷つきますから。

「ほら、早く出てきて下さい」

「嫌だ。俺は部屋に籠っていたい。食事だけこちらに渡してくれ」

椅子の座面を叩いて座るように促すけれど、今日のタジーク様はあまり部屋から出る気分ではないらしい。

それであれば仕方ない。

私はタジーク様用に引いていた椅子をよっこいせと持ち上げて、部屋から出て来ようとしない彼に手渡した。

「……これをどうしろというんだ?」

私の行動の意味がわからず困惑しつつもうっかり椅子を受け取ってしまっているタジーク様。

多分、か弱い少女が重そうな椅子を一生懸命運んでいるのを可哀そうだと思っていた部分もあるのだろう。

「ミモリー、ちょっと手伝って頂戴」

タジーク様の問い掛けには答えず、私は朝食の並ぶテーブルへと戻り、ミモリーを手招いた。

「コリンナお嬢様、そこは私が」

私の行動を見て、何をしたいのかを即座に察したらしいジャルトさんが近付いて来て、私と立ち位置を交代する。

そして、ジャルトさん同様、私のやりたい事をしっかりと理解してくれていたミモリーがテーブルを挟みジャルトさんの反対側に立つ。

「ま、まさか？」

ようやく私達がしようとしている事に気付いたタジーク様が慌てて部屋の扉を閉めようとしたけれど、いつの間にか現れたバーニヤさんが開け放たれた状態になっている扉の前に立ち、閉められないようにしている。

「お、おい。何もそこまでする必要は……」

バーニヤさんに弱いタジーク様は扉を閉める事を諦め、部屋の入口にピッタリと付けられようとしているテーブルに対して「来るな」とでも言いたげに、手を伸ばして制止するようなポーズを取った。

ここで近付いて来たテーブルを実際に手で押さえて止めようとしないのはきっと、そうする事でテーブルの上に並ぶ朝食を落としてしまわないように配慮しての事だろう。

人付き合いを厭《いと》い普段は身なりも気にしないタジーク様だけれど、実はそういう気遣いは出来る方なのだという事を、出会ってからの何日かで私はもう既に知っている。

そしてそういうところも素敵だなと思い、日々彼への気持ちを深めていっているのだ。……一方的に。

あぁ、いつになったら彼と両想いになれるのだろうか？

いや、そもそもなれる日は来るのだろうか？

「……」

「さぁ、これでタジーク様はお部屋から出なくても大丈夫ですよ。一緒に食べましょう」

入口にピッタリとテーブルを付けられた事で、部屋から出なくても手を伸ばせば朝食が取れるようになった。

ついでに言うと、テーブルが入口にあるせいで、バーニヤさんが退いてもうタジーク様の部屋の扉を閉める事は出来ない。

「……君はここまでして俺と朝食が食べたいのか」

「もちろんです」

「そうか」

満面の笑みで返せば、ムスッとした、それでいて何処か諦めて悟ったような表情のタジーク様が、先程手渡しておいた椅子に座る。

その様子に満足して、私もいつの間にかジャルトさんが持って来てくれた椅子に座りテーブルに着く。

「タジーク様、今度お部屋を出てお庭を散歩したり……一緒にお出かけして下さい。デートですよ、デート」

「何故、俺が君とそんな事をしないといけないんだ。君も知っているだろう？　俺は引きこもりで

自宅警備隊なんだ。そして引きこもりは部屋や家から出ないんだ」

こんな風に言ってはいるけれど、最近はたまにお庭の散歩くらいなら付き合ってくれる事がある。

庭から、タジーク様の名前を連呼して散歩に誘っていたら「大声で呼ぶな！　近所に聞こえたら恥ずかしい‼」と言って慌てて外へと出て来てくれたのだ。

田舎は無駄に土地があって、お隣さんも遠いからあまりそういう感覚はなかったけれど、確かに王都は貴族の屋敷が立ち並んでいて、お隣さんとの距離もたかが知れている。

タジーク様のご自宅は庭も王都の屋敷の中では広い方だとは思うけれど、全力で呼んでいたら誰かの耳に聞こえてしまう可能性はある。

そう納得して、自分の行動に少し恥ずかしさは感じたものの、それでもやっぱりタジーク様と一緒にお庭を散歩できたのは嬉しかったから、時々同じ事をしてタジーク様をお外に呼び出したりしている。

ここまで進展したのだから、もう一押しすればお出かけも出来るかもしれない。

「でも、お仕事には時々行っているんですよね？」

「ぐっ……」

私の指摘にタジーク様が言葉を詰まらせる。

彼の行動を見ている限り、やはり自主的に引きこもっているだけで、出ようと思えばいくらでも外に出られるタイプだ。出られない人とはわけが違う。

「別に私はお仕事のついでとかでも良いですよ？」

「いや、それは……」

タジーク様が更に言葉を詰まらせる。

言い返せない分、段々と眉間の皺が濃くなっていっている。

「そうだ。大体、何故俺が君とデートしないといけないんだ」

「だって、団長様の手紙にそう書いてあったんですよね？　それに私とタジーク様は今縁談の真っ最中のはずだもの。お互いを知る事は大切でしょう？」

「縁談は断っ……」

「断ってはいらっしゃいませんよね？　お兄様から話は聞いています。断りの手紙ではなく、縁談の件に一切触れていない手紙が来たと」

論点をずらして私とのデートを何とか断ろうとするタジーク様に対して、私は頬を膨らませる。

「……君は本当に子供みたいな人だな」

私の顔を見て、タジーク様が苦笑した。

それから少し悩んだ後、長い長い溜息を吐いた。

「わかった。俺もオルセウス殿に押し切られ、一度は縁談を了承してしまったからな。一度だけ君と彼の希望を叶えよう」

「本当ですか⁉　やったぁぁ‼」

実のところ、私が会う度にデートしてくれとせがむから面倒くさくなって了承してくれただけだと思うけれど、そんな事はどうでもいい。

重要なのはデート出来るかどうかという事なのだ。

「ただし、一回だけだからな。それ以降は強請《ねだ》るな」

「まぁまぁ、そう仰らずに。久しぶりに仕事以外で外を楽しんだら気分が変わるかもしれませんよ？」

「一回だからな」

「あぁ、何を着てこうかしら」

「おい、俺の話を聞いているのか？」

「『今回は』何処に連れて行っていただけるのかしら？　楽しみだわ！」

「『今回は』じゃない『今回だけ』だ！　って、行く場所は俺が決めるのか⁉」

私が言葉の端々にちりばめたメッセージをしっかりとキャッチしてタジーク様がいちいち突っ込んでくる。もちろん、聞こえないふりをするけれど。

タジーク様は優しいけれど頑固でもあるから、『一度だけ』と約束してしまうと本当にそれ以降は連れて行ってくれない気がする。

だから、絶対に言質《げんち》は取らせないようにしないと！

「おい、君。今凄く悪い顔をしているぞ？」

「あら、淑女に対して『悪い顔』とか失礼ですよ！」

「君は良い事も悪い事も全て顔に出るんだ。そういう顔をしているという事は何か良からぬ事を考えていた。そうだろう？」

「タジーク様、そこまで私の事を理解して下さっているんですね！　コリンナ、感激です！」

「理解しようと思わなくたって、君を見てればすぐにわかる事実だろう⁉」

「そんなに私の事を見ていてくれたなんて……」

「……あぁ、もういい。わかった。君には何を言っても無駄だという事が」

ガックリと肩を落とすタジーク様。

どうやら今回も私の粘り勝ちのようだ。

「じゃあ、デート楽しみにしていますからね‼」

「はいはい」

凄く喜んで張り切っている私とは対照的に、タジーク様は何処か疲れた様子で浮かない顔をしている。

私と同じくらい楽しみにしてくれると嬉しいんだけど……今はまだこうして渋々でも付き合って下さっているだけで満足しておく事にした。

6　いよいよデートです

タジーク様がデートを了承してくれたその日、私は彼の気が変わらない内にと、デートの日程をすぐに決めた。

ついでに、蟻の始末と部屋の掃除を終えたジャルトさんとバーニヤさんにも同席してもらい、約束の証人にもなってもらった。

その際、タジーク様がバーニヤさんの満面の笑みを見て「チッ」と貴族らしくない舌打ちをしていたけれど、そこはまぁ見なかったふりをしておく。

私だって時々貴族令嬢らしくない振る舞いをしてしまう事があるもの。お互い様というやつだ。

そうしてやっと漕ぎ着けたデート当日。

バンッ!!　カッカカッカッ。

タジーク様の屋敷の玄関前で、タジーク様が出てくるのを今か今かと待っていた私の正面で、勢い良く扉が開く。

不機嫌そうな表情のタジーク様は、そのままの勢いで、足音も荒く私の許へと歩いてくる。

「おはようござ……」

「いつも勝手に屋敷に上がり込んで鬱陶《うっとう》しいほど俺の部屋の扉をノックするのに、何故今日に限って来ないんだ」

待ち人の登場に、満面の笑みで挨拶をしようとした私を遮り、彼は開口一番にそう言った。

彼の今日の格好はパーティーの時ほどしっかりとしたものではないけれど、普段部屋に籠っている時ほどだらけてもいない。丁度中間くらいのラフな格好で腰にはシンプルなデザインの鞘に収まった剣が下げられている。

これはこれで騎士の休日スタイルという感じで素敵ではあるが、残念な事に簡単に撫で付けられた彼の髪には見事な寝癖がついていた。

……でも、これはきっと私とのデートの為に外に出られそうな格好をしてきてくれたのね！

本来の貴族のデートスタイルとしては、及第点……まではいかなそうだけれど、普段の彼の様子から考えたら、私としては大満足だ。

もちろん、いつかは彼の魅力を最大限に生かした素敵な貴族スタイル、もしくは騎士スタイルでお出かけしたいとは思うけれど、それを今求めるのは無理があるだろう。何事も一歩ずつというやつだ。

目の前に現れた想い人の普段とは違う姿に、暫く感動しつつそんな事を考えていた私は、彼の問いに答えるべくゆっくりと笑みを浮かべて口を開いた。

「折角の初デートなので、憧れの待ち合わせというのをやってみたかったのです！」

タジーク様との初デート。

そして、私の人生においても初めてデートというものを経験する記念すべき今日という日。

そんな素敵な日の始まりに、私は領地の自宅でよく読んでいた恋愛小説に出てくるような『カップルの待ち合わせ』というものをやってみたくて、いつものように彼の部屋に行き、ひたすらノックをするという行動を我慢して彼が現れるのをひたすら玄関前で待っていた。

ちなみに、約束の時間はもう一時間くらい過ぎている。

「……玄関で会うのは待ち合わせに入るのか？」

私の発言に一瞬唖然としたタジーク様は、すぐに溜息を吐いて呆れ顔になる。

タジーク様より少し遅れて出て来て、今は彼の後ろで一生懸命彼の跳ねた髪を櫛で梳《と》かしているバーニヤさんも何にどう反応して良いのかわからないと言いたげな笑みを浮かべていた。

ちなみに、私の後ろに控えているミモリーからは、タジーク様が来るまでの間、何度も「そんな時間の無駄をなさらず、さっさといつも通り迎えに行ったらどうです？」と言われ続けている。

全く、乙女心がわからない侍女だ。

これだから彼女はなかなか彼氏が出来な……ごめんなさい。私が悪かったわ。だから、お願い。そんな突き刺さるような目で見ないで頂戴。

「タジーク様、タジーク様」

「なんだ？」

「有名なあの台詞《せりふ》を言ってくださいません？」

「何の事だ？」

「『待った？』っていうあれです」

「『待った』？　何だそれ……」

「今来たところです‼」

小説で何度か見た待ち合わせの時の定番のセリフ。

タジーク様は困惑したように眉間に皺を寄せていたけれど、私は気にせず笑顔で返事をした。

「いや君、一時間は待っているだろう？」

私の返事に対して、意味がわからないという表情で普通に突っ込んでくるタジーク様。

「コリンナお嬢様、坊ちゃまが大変お待たせして申し訳ございません」

タジーク様の寝癖を直し終えたバーニヤさんが申し訳なさそうに眉尻を下げて頭も下げる。

彼女は使用人なんだけれど、こうして見るとまるで不出来な息子の所業を詫びる母のように見える。

きっと、それだけタジーク様と彼女の距離が近いのだろう。

そういえば、彼の両親にお会いした事も、ご両親についての話を聞いた事もないけれど、そういった事も何か関わっているのかしら？

ガーディナー家の当主の座は既にタジーク様が継いでいるから、領地の方にいるのかもしれないけれど……。

いつかそういう事もご本人から聞いてみたいな。

……出来れば、もう少し関係が深まって気兼ねなく尋ねられるようになった頃にでも。

「いえいえ、お気になさらず。こうしてタジーク様をお待ちする時間も楽しかったですから」

「しかし……」

私が笑顔で首を振ると、更に眉尻を下げたバーニヤさん。

「本当に申し訳ございません。坊ちゃまったらデート直前に行くのが嫌になったとかで、鍵を掛けて扉の前にバリケードまで作って部屋に引きこもっていたのですよ」

「……」

……それはちょっとショックかもしれません。

楽しみにしていた分悲しくなり、ついつい目を潤ませながらタジーク様に視線を向けてしまう。

彼は気まずそうに視線を逸らした後、「結局来たんだからいいだろ?」とボソッと呟いた。

確かに最終的にこうして来てくれたのは嬉しいけれど……彼と私の気持ちの温度差をまざまざと感じさせられて、複雑な気分だ。

「どうもコリンナお嬢様が坊ちゃまの部屋まで迎えに来て下さるのを想定してそういう行動に出たようなんですが……なかなかいらっしゃらないから心配になったようで、先程、頑張って作ったバリケードをご自分で壊して出てきたんですよ」

苦笑いのバーニヤさんの台詞に、耳を赤くしてそっぽを向くタジーク様。

どうしよう。私より年上の男性なのに、ちょっと可愛いかもって思っちゃった。

「い、いつも勝手にずかずか部屋まで来る人間が、楽しみだと言っていたデー……外出日当日に現れなければ誰だって心配になるだろう？」

少し怒り口調だけれど、それだけ耳が赤ければ少し鈍《にぶ》いところがある私でも、照れ隠しだという事はすぐにわかる。

でも、そっか。

タジーク様、いつまで経っても私が部屋まで迎えに来ないから、私の事を心配して下さったんだ。今日は部屋から出るのが嫌だって閉じこもってたのに、自ら出てきてくれたんだ。

私が楽しみにしていたのと同じくらい楽しみにはしてくれていなかったという事は寂しいけれど、それだけ気に掛けて下さったというのは嬉しい。

「もう、坊ちゃまったら！　当日に出掛けたくないと子供のようにごねて、挙句の果てに女性をお待たせしたのですから、素直に謝ったらどうですか？」

タジーク様の態度に、バーニヤさんが腰に手を当てて目尻を吊り上げる。

私はその様子を見て、慌ててバーニヤさんとタジーク様の間に割って入った。

「良いんです、バーニヤさん。私が、デート定番シチュエーションパート2『薔薇《ばら》の花束を持って迎えに行く』に予定変更していれば待たずに済んだのに、ここで待ち続けてたのもいけないんですから!!」

慌ててそう告げると、二人は一瞬驚いた顔をした後、バーニヤさんは「あらあら」といった感じで頬に手を当て困り顔になり、タジーク様は頬を引き攣らせた。

「……俺は恋愛小説には詳しくないが、それは男の役目だという事だけはわかるぞ？」

「まぁ、そこは臨機応変にってやつです！」

確かにタジーク様の言葉通り、その役目は男性にしてほしいところだけれど……私とのデートに乗り気じゃない上に、そういう気障《きざ》っぽい事をしそうにないタジーク様に期待してもきっと無駄だろう。

無駄なら待たずに自分がやった方が良い。

「……そうか」

何処か諦めた様子で肩を落とすタジーク様。

その姿は、試合で負けて燃え尽きた騎士のようだった。

……おかしいな。私、別にタジーク様と勝負なんてしてないし、タジーク様に出来なそうな事を求めたわけでもないのに。

「もういい。こうなったら腹を括《くく》ってさっさと行って、さっさと帰ってくる事にしよう」

ぐったりとした様子でそう告げたタジーク様がジャルトさんに視線を向けると、彼は私がここに来た一時間ほど前からずっと玄関前に停めっぱなしになっていた馬車に近寄り、そっとドアを開けてくれる。

「ほら、さっさと行こう。そしてさっさと帰ってこよう」

そう言って、タジーク様がエスコートと呼ぶにはやや乱暴な仕草で私の手を取り、馬車へと導いてくれる。

急に行く気満々になったタジーク様に面食らって固まっていた私は、彼に手を引かれるがまま馬車に乗り、座席に座らされた。

そのままきょとんとしている私の正面に今度はタジーク様が座る。

ミモリーがやれやれといった感じで私の隣に乗り込んだところで、馬車のドアは閉じられゆっくりと馬車が動き出した。

「えっと、あの……」

実はもう少し出発に手こずると思っていた私は少し混乱しつつ口を開く。

「どうした？」

不機嫌顔のタジーク様は、窓の外に向けていた視線を私の方にチラッと向ける。

「いえ、ただこの馬車、何処に向かっているのかなと思いまして……」

「……あっ」

タジーク様の目が僅かに大きくなり、小さな声が零れる。

それを見て確信した。

タジーク様がデートの行先を考えていなかったことを。

「……一先ず、王都の中を適当に走らせて、何処かで降りて歩く事にする」

何度か口を開けたり閉めたりした後、少し考えて再び口を開いた彼から出た言葉は、何とも曖昧な内容だった。

でもまぁ……。

「私はタジーク様と出掛けられるなら何処でも良いです‼」

そう、何処だって良い。

領地にあるような畑ばかりの小道でも、歩きにくい森の中……はさすがにお洒落が台無しになるから避けたくはあるけれど、それでもやはり彼と一緒なら楽しめる気がするからもう本当に何処でも良いのだ。

「全く君という人は。……もし行きたい所があったら言ってくれ。行くかどうか、考えるくらいはしてやる」

私の返答に呆れ顔を浮かべた後、ほんの一瞬だけ彼本来のものっぽい自然な笑みが浮かんだ。

それを見た瞬間、トクンッと小さく胸が鳴る。

貴重な貴重な笑みを今日は見る事が出来た。

これは幸先の良いスタートかもしれない。

もう既に、少し前まで玄関前で一時間も待たされた事なんてすっかり忘れて、私はルンルン気分で出掛けて行ったのだった。

＊　＊　＊

「タジーク様、タジーク様！」

「……何だ？」

ぐったりとした様子でやや背中を丸めて歩くタジーク様の隣で、私は正面に見える噴水を指さした。

「あそこに見える大きな噴水が願い事が叶うと有名な観光スポットらしいです！　その傍《そば》にあるお菓子屋さんのケーキがとても美味しいんです！　あ、先日私がタジーク様の所にお土産に持って行って一緒に食べたのがあそこのタルトですよ」

「……そうか」

言葉少なく返すタジーク様だけれど、私の指さした方角はきちんと見てくれている。

その事に気分を良くして笑顔で「はい！」と頷けば、彼は何故か小さな子供にするように私の頭をポンポンと軽く叩いた。

結局、デートのプランを何も考えていなかったタジーク様は、御者に「適当に観光できる場所に馬車を停めろ」と命じた。

御者のおじさんは少し困った顔をしていたけれど、すぐに頷いて王都の中でも貴族の若者達で賑《にぎ》わう商業区画に連れて行ってくれた。

……そう、そこまでは良かった。

馬車から降りてすぐに人の多さに固まるタジーク様。

御者のおじさんはいつまでも馬車を人通りの多い場所に停めておく事が出来ない為、私達を降ろしたら少し離れた場所にある馬車置き場に行ってしまった。

こうしてデートが本格的に始まったわけなんだけど……何故かつい最近王都に来たばかりの私が、王都生まれ王都育ちのタジーク様に王都の案内をしている。

理由は簡単。

タジーク様は生粋の引きこもり……本人曰く、自宅警備隊（？）である為、ほとんど家から出た事がない。

彼の話によると、子供の頃はよく出掛けていたようだけど、十二歳くらいからは仕事で王宮に行く時くらいしか家を出た事がないらしい。

つまり、デートスポットどころか観光スポットも普通に買い物する場所もほとんど知らなかったのだ。

いや、正確には『覚えていない』もしくは『最近の様子を知らない』といった感じらしい。

「……ここは以前に来た事がある」

着いて早々お疲れのご様子のタジーク様を休ませようと、先日ミモリーと一緒に行った、大人の男性客もそれなりにいる落ち着いた雰囲気の喫茶店へと向かって歩いていると、不意にタジーク様が立ち止まり広場のど真ん中にある噴水を見上げて言った。

「小さい頃にいらっしゃったんですか？」

「……あぁ」

何処か懐かしむような、それでいて悲しそうに目を細めて噴水を見るタジーク様。

その様子は容姿も相まってまるで絵画のように美しく、胸に訴え掛ける何かを感じさせる。

「タジークさ……」

「ねぇねぇ、あの殿方、凄く素敵じゃない？」

「まぁ、本当だわ」

思わず声を掛けようとしたところで、不意に後ろから華やいだ若い女性の声が聞こえてきた。

それと同時に向けられる、露骨な視線。

……タジーク様は私とデート中なのに。

ムッとして声の聞こえた方に視線を向けると、こちらを見て楽しそうに会話をしていた貴族令嬢らしき二人組がそれに気付き、そそくさと近くにあったお店へと入って行った。

「……君は何を威嚇しているんだ。野生動物じゃあるまいし」

思わずタジーク様の腕を抱き寄せ、相手に向かって牽制するような視線を向けていた私に、タジーク様が呆れたような溜息を吐く。

気分的には「ガルル」と唸《うな》っているような感じだったけれど、うっかり本当に声に出していたのかと不安になって口元を押さえ、確認の意味を込めて後ろに控えていたミモリーに視線を向ける。

「声は出てませんが、顔と態度に出過ぎです」

こっそりとアイコンタクトで答えてほしかったのに、きっぱりと言葉で返答されてしまった。

これではタジーク様に誤魔化しが利かなくなってしまったではないの。どうしてくれるの、ミモリー。

「それだけ、露骨に腕を掴んで威嚇していたら元々誤魔化しは利きませんよ」

恨みがましい目を向けた瞬間、すぐに私の言いたい事がわかったのか、ミモリーが溜息交じりにそう返してくる。

「わからないじゃないの。ちょっと転びそうになったとか、嫌な視線を感じてとか、乙女っぽい言い訳が出来たかも……」

「無理だな」

「無理ですね」

タジーク様とミモリー、両方から同時に否定された。

「まぁ、君のそのわかりやすいところは、露骨過ぎて反応に困る事もあるが、ある意味美徳でもある。そう落ち込まなくて良い」

しょんぼりした私にタジーク様がフォローするようにそう告げた。

「タジーク様はそういう女の子はお好きですか？」

「……さぁな」

チラッと視線を向けて尋ねると、肩を竦めてサラリッと流される。

照れるとかそういう素振りも見られない為、彼の本心は全く読めない。

「もう、タジーク様の意地悪。どんな女性が好みか教えて下されば、私だって努力できますのに」

「無理だな」

フッと馬鹿にするように鼻で笑われた。

悔しいけれど、そんな仕草も格好いい。

こういう意地の悪い表情も、怒っている顔も、普通の貴族令嬢ならドン引きな引きこもりスタイルの時の彼も、全部全部格好良く見えてしまう私は、きっと重度の『タジーク様病』なんだと思う。

ちなみに、治す方法はわからないし、治す気もない。

「もう！」

不貞腐《ふてくさ》れたように頬を膨らませる。

「ほら、さっさと君のお勧めだという喫茶店に行くぞ。……ここは少々人の視線が煩すぎる」

周囲を見回してげんなりしたように肩を落とすタジーク様。

引きこもりの特性なのか、人の視線が多い所は苦手なようだ。

「パーティーの時は平気そうだったじゃありませんか」

今の彼に向けられる視線は、私達の出会ったあのパーティーの時ほど多くないし露骨でもない。

あの時と違い『タジーク・ガーディナー』という貴族の看板を背負ってはいない為、元々表にほとんど姿を見せる事がない彼の顔を知っている人などほぼいないのだろう。

今ここにいる彼に向けられている視線は、『何処の誰かわからない素敵な殿方』へのものがほとんどだ。

悪意のある視線よりも好意的なものの方が居心地は良いだろうし、そもそもその数自体少ないのだから、あの時より大分ましだと思う。

「ああいう場では、自分の中で仕事用モードに切り替えているから良いんだ」

ブスッとした様子で答える彼の顔色は相も変わらず冴えない。

私には彼の言っている事が何となくしかわからなかったけれど、今は私がそれを理解できるかよりも彼がどう感じているかの方が重要だろう。

「それじゃあ、行きましょう！」

暗い表情の彼を元気づけるべく意識的に明るい笑顔を向けて、彼の腕を引っ張る。

本来であれば、淑女がこんな風にまだお付き合いもしていない殿方の腕に抱きつくのははしたない事だとは思うけれど、うっかりとはいえもうしがみついてしまったものは仕方ない。

折角のチャンスを無駄にしないように、せめて喫茶店に入るまではこの状態をキープさせてもらおう。

……ミモリーの視線が少し痛いけれど、喫茶店までなら耐えられる。耐えてみせる！


喫茶店でお茶とケーキを食べながら休憩を取った後、私達は適当に周囲の店を見て歩く事にした。

「はぁ、早く家に帰りたい」

「タジーク様、さっきからそれしか言っていませんよ」

私がお店を見るのは止めないし、後ろから付いて来てくれるけれど、口を開けば「帰りたい」としか言わない。

タジーク様が興味を持ってくれそうな本屋や美味しそうなお菓子の置いてあるお店、騎士様なら武器にも興味があるかと思い武具店にも足を運んでみたけれど、多少興味は示しても最終的にはその言葉に繋がってしまう。

元々、無理矢理付き合わせている自覚があるから文句は言えないけれど、こうも嫌々な感じを前面に出されると心が折れそうだ。

「タジーク様、私とのお出かけはつまらないですか？」

「君とに限らず、俺はお出かけが好きではない。引きこもりだからな。自宅を警備している時が一番安心できて心が和む」

そう言われてしまうと、ごもっともとしか返せない。

「でも、ちょっとくらい楽しかった所とか……」

本当はここで「じゃあ帰りましょう」と言えば良いのかもしれないけれど、もしかしたら二度目のチャンスはないかもしれないデートだ。

もう少し粘りたくて、迷惑を承知で食い下がる。

「そんな顔をする必要はない。興味を惹かれる物はそれなりにあった。本も何冊か買えたしな。……ただ何というか……人の視線が気になって落ち着かないんだ」

グッと眉間に皺を寄せて、横目で周囲の様子を窺うタジーク様。

そういえば、今日のデート中、何度か足を止めて今みたいに周囲にさり気なく視線を走らせている事があった。

そういう時には大概、すれ違う女性に視線を送られたり、お店の人に声を掛けられるところだった気がする。

あぁ、よく思い出してみれば、その度に腰に下げられている剣をさり気なく撫でていたり、何処かソワソワと落ち着かない様子だった。

これはつまり……。

「タジーク様、人混みが本当に駄目だったんですね」

私は嫌いとか好きとかそういうレベルの問題だと思い込んでいたけれど、実際はギリギリ耐えられるけれど苦手というレベルだったようだ。

ならば、この王都の中でも特に人の多いこの場所は彼にとって苦痛に違いない。

何でもっと早く気付けなかったのだろうか？

彼とデートはしたかったけれど、苦痛を与えたかったわけではない。

「別に落ち着かないというだけの話だ。そんな顔をする必要はない。それに、今日デートする事を了承したのは俺自身だ。ただ……愚痴を言うくらいは許容してくれ」

私が余程情けない顔をしていたからだろう。

気まずそうな顔をした後、ガシガシと数回頭を掻いたタジーク様がぶっきら棒な口調でそう言う。

何だかんだと文句を言いながらも、私が落ち込むとすぐに不器用なフォローを入れてくれる。

本当に素直じゃないけれど優しい人だ。

「もちろんです！　嫌な事があったら遠慮なく言って下さい。お互いに楽しい方が絶対に良いので。

……と、いう事で、タジーク様、もう少し先に自然公園があります。あそこはとても広くて人も少ないですから、そこに行きましょう！」

思わず喉まで出かかった謝罪の言葉を呑み込み、自己嫌悪で泣きたくなる気持ちを押し込めて笑顔で彼の手を引く。

折角彼が気を遣ってくれたのだ。

暗い顔で謝罪をして台無しになんてしてはいけない。

せめて暗くしてしまった空気を明るくするくらいはしないと。

「……そうか。悪いな」

フッと表情を緩めた彼が、柔らかい笑みを浮かべる。

こうして彼のレアな笑顔を見られる回数が日に日に増えてきている気がするのは気のせいだろうか？

もしそれが事実だとすれば、嬉しい事この上ない。

だって、それだけ彼の物凄く警備の堅い心に私が近付けたという事だから。

それだけ、彼を笑顔に出来る言動を知る事が出来たという事だから。

「いえいえ。私は将来の妻ですからね！　夫に対してそれくらいの気遣いは出来ませんと」

「君を妻にする予定は今のところないのだが？」

「『今のところは』ですよね？」

「引きこもりの妻になんて何でなりたがるんだ」

「『引きこもりの妻』ではなくて『タジーク様の妻』になりたいんですよ」

タジーク様の手を引いて先を歩きながら振り返り、少しも躊躇う事なく満面の笑みで返す。

そんな私にタジーク様は面食らったように目を見開き、またいつもの呆れたような笑顔を向けた。

ただ、繋いだ手に少しだけ力が入ったような気がして……。

「君は本当に前向きを通り越して、周りが見えていない馬鹿だな」

「淑女に『馬鹿』はないと思います」

私的《わたしてき》に、今のは良いシーンだと思っていたのに、タジーク様の言葉で台無し。

眉を寄せてムッとした顔を作れば、彼は愉快そうに声を立てて笑った。

彼のこんな笑い声を聞けるなんて嬉しい。

嬉しい……けれど、やっぱり少し納得がいかない。

「自然公園というのはあそこだろう？　確かに人が少なくてのんびりできそうだ」

いつの間にか私の隣に並んだタジーク様が、視線で正面にある木や花々が生い茂る空間を示す。

「そうですよ。王都の観光案内にお勧めスポットとして書いてあったので、先日、公園内を散歩してみたのですけれど、広過ぎて全部は回れなかったんです。でも色々な草花が咲いていて見て歩くのはとても楽しいですよ」

私とミモリーは折角王都に来ているのだからと、タジーク様のお宅から帰った後から暗くなるまでの隙間時間を使ってちょこちょこと王都内の観光名所を回っている。

この自然公園も、草花を見ながら散歩をするのにお勧めと書いてあった為、先日訪れたばかりの場所だった。

タジーク様には『広過ぎて』と言ったけれど、正確には『淑女が歩くには広過ぎて』という意味だ。本気で公園内を全て歩き切ろうと思えば、多少時間は掛かるけれど正直出来なくはない。

ただ、淑女らしくヒールの高い靴でしゃなりしゃなりと日傘を差して歩いていたら、それなりに時間が掛かる。

私も一応貴族令嬢なので、先日訪れた時には日傘を差してヒールの高い靴でしゃなりしゃなり歩いた。

とはいえ、石やレンガで道が舗装されているわけではなく、小さい子供でも安全に遊べるようになのか、広場にはクッション代わりの芝生が植えられているような場所だ。

要するに何処を歩いてもハイヒールでは歩きにくく、いつもの何倍も移動時間が掛かるのだ。

結局、元々観光にあてる時間が少なかった事に加え、思ったように歩けなかった事で全部を回る事は出来なかった。

しかし、おそらくタジーク様のような騎士様であれば、きっと三十分ぐらいで全体を見て回る事も出来るだろう。私も今日は歩き回ること前提に歩きやすい靴を履いているしね。

広いとはいえ、所詮王都内にある自然公園だ。そこまで滅茶苦茶な規模の公園ではない。

「ふぅ……。やっと一息つける」

自然公園の入口付近に立ち並んでいたお店の内の一軒で買った飲み物片手に、公園内の比較的人《ひと》気《け》の少ない場所に設置されたベンチに二人で腰を下ろす。

タジーク様はかなりお疲れのご様子で、座るなり背もたれに凭《もた》れて脱力した様子で天を仰いでいる。

ミモリーには、公園内の散策が終わった頃に公園の入口にある馬車停留所まで馬車を回すよう御者に言いに行ってもらっている。

流石の私も、こんなに疲れている彼を前にしてこれ以上引きずり回そうとは思えなかったからだ。

私は彼と少しでも長くデートをしたいけれど、それはあくまで私といる時間を少しでも楽しんで、少しでも私に好意を持ってほしいからだ。

我儘を押し通し過ぎて、嫌われては元も子もない。

「……今日は付き合って下さって有難うございました」

タジーク様の隣で、果物をそのまま搾ったジュースをチビチビと飲みながらそう告げる。タジーク様が折角私の為に頑張ってくれたのだから、最後まで笑顔で楽しそうに過ごさないと、と思うのに、ついつい彼の視線が外れると罪悪感から俯いてしまいそうになる。

「いや、久々に外を見られたのは俺も良かった」

私の声の感じが変わった事に気付いたのか、ぐったりとしていた体を起こし、チラッと私の方に視線を向けてから、彼も自分用に購入したよく冷えたコーヒーを飲み始めた。

互いに互いの事を意識しつつも無言の時間が流れる。

少し離れた所では、カップルや子供連れの親子が楽しそうにのんびりと園内を歩いていたり、私達と同じように何かを飲んだり食べたりしている。

どれぐらい時間が経った頃だろうか？

「……平和だな」

不意に彼がそんな事を呟いた。

「そうですね。皆平和で楽しそう」

やんちゃそうな男の子が走り回り、乳母らしき女性がそれを追い掛ける。

そんな二人の様子を楽し気に見守る両親。

私はその光景を見ながら、小さく笑みを浮かべて彼の言葉に同意した。

「……まるで楽しい時間が永遠に続くと信じ切っているみたいだ」

「え？」

彼の何処か闇を帯びた声色に驚いて視線を向けると、彼は何も映さない暗い瞳でボーッと楽しそうな家族の姿を見つめていた。

その様子に、私は言い様のない不安と恐怖を感じて、咄嗟にベンチについていた彼の手に自分の手を重ねてギュッと握り締めた。

「ん？　どうかしたのか？」

突然手を握られた事に驚いたのか、彼が家族に向けていた視線を私の方に向ける。

その瞳には数秒前に浮かんでいた暗さは既になくなっていた。

その事にホッとしつつ、取り繕うように笑みを浮かべる。

「えっと……えっと……他の人ばかり見てないで、私の事も見て下さい？」

慌てて考えた言い訳は、自分でもちょっと無理矢理だったかなという気持ちがあったせいか、語尾が疑問符になってしまった。

「……何だそれは」

タジーク様はそんな私に呆れ顔をするけれど、さっきまでの暗い顔よりも今の少し小馬鹿にしたような顔の方がずっと良い。

「あの、タジーク様は何故引きこもりをしていらっしゃるんですか？」

いつもの彼に戻った安心感からか、或いは公園の作り出したこののんびりとしていて開放的な雰囲気のせいなのか、以前から気になっていた事が口からスルッと飛び出した。

タジーク様は私の脈絡のない質問に一瞬息を呑んでから、何処か居心地が悪そうに髪をガシガシと掻いた。

「う～あ～、何ていうか家は居心地が良いだろう？」

「それはまぁ、そうですね」

私だって一番落ち着ける場所は何処かと尋ねられれば領地にある自宅の自室だと答える。

自分の為に与えられた自分だけの場所。

それも家族という存在に守られた場所なら、尚の事居心地が良いのは当然だ。

でも、だからと言ってそれが引きこもりの理由にはならない。

なってもあくまで一因というやつだろう。

「それに……外は怖い」

「……え？」

少し躊躇うような素振りを見せた後、彼の口から零れたのは少し意外な回答。

でも……うん。確かに今日の彼の様子を思い返してみれば、彼の言っている事は本当のように思える。

「人は簡単に人を裏切るだろう？　特に貴族社会ならそういった事は多い」

「それは……確かにそうかもしれませんが」

貴族社会はある種、狐と狸の化かし合いのようなところがある。

笑顔で親し気な雰囲気を装い、隙を見せればあっという間に蹴落とされる。

田舎貴族で競争相手もいない我が家のような家柄なら、そういった事はほぼ皆無だけれど、先日初めて行った王都の貴族が集《つど》うパーティーでは確かにそんな感じの雰囲気が漂っていた。

私はあの時タジーク様に夢中で、あまり周囲の事は気にしていなかったけれど、それでも笑顔の会話の中に棘《とげ》やら毒やらをこれでもかというくらい仕込んでいる人の会話を通りすがりに耳にした時には、背筋に冷たい汗が流れたものだ。

「そういえば、タジーク様は人間不信でしたね」

「そういう君は、疑うのも馬鹿らしくなってくるほど、率直に物事を言うな」

溜息交じりで呆れを含んだ言葉は、私を馬鹿にしているような内容のはずなのに、何故だか今までより距離が縮まったような印象を受ける。

「幼少の頃から、そういった貴族らしいやり取りは学んできたつもりだが……信じる者を誤った時の衝撃と被害は想像を絶するものがある」

ジッと虚空を睨み付ける彼の目には、悲しみと怒りが潜んでいるように感じる。

彼はもしかしたら、信じる人を誤った――大切に思っていた人に裏切られた経験でもあるのだろうか？

私にはそういった経験がないからよくわからないけれど、お兄様が以前王都の貴族の間ではそういった事が頻繁に起こり、実際に彼のように人間不信になる者も多いから気を付けろと言っていた気がする。

あの時は、全く実感がわかなかったから聞き流していたけれど、今はその言葉がとても重く感じられる。

「まぁ、君にはわからないだろうし……わからないままの方が良い。君のような人に引きこもりは似合わないからな」

フッと笑う彼の表情には何処か哀愁が漂っていて、見ているこちらの方が胸が痛くなる。

何だか無性に泣きたい気分になりながらも、目の前で微笑んでいるタジーク様を見て泣けないと感じた。

「むしろ、引きこもりが似合う人ってどんな人ですか」

胸の中に突如として現れた悲しみを吹き飛ばすように、意識して口調を強くする。

彼に何とか笑ってほしくて、わざと子供っぽく怒ったふりをして頬を膨らませた。

「う～ん、俺みたいな根暗な奴じゃないか？」

私の思いが通じたのか、彼は私の頭をポンポンと軽く叩きつつも、ニヤリッと笑った。

うん、決して優しい微笑みとかではないけれど、暗い顔をされているよりはこっちの方が何倍も彼らしくて良い。

「タジーク様だって、私と一緒にいて笑っていればあっという間に根暗じゃなくなりますよ」

胸を張ってそう言い切ると、タジーク様が「ハァァァ……」と深い溜息をついて、再び体の力を抜く。

「何故君と一緒にいる事が前提なんだ？」

「それはその方が私が嬉しいからです。あと、実際に最近タジーク様は笑顔が増えました！　要するに私にはそう言えるだけの実績があるのです‼」

本当は以前の彼がどの程度の頻度で笑みを浮かべていたのかなんてわからないから、対比のしようなんてないんだけど、ここは敢えて言い切る。

だって堂々と言い切った方が、相手もそんな気がしてくるものだと我が家によく出入りしている商人のおじさんが言っていた。

「君は本当に何ていうか……呆れるほどの前向きさだね」

「それだけが取り柄ですから」

「自分でそれを言ってしまうのか」

タジーク様の目が、残念な子を見る時のものになる。

「いいじゃないですか、前向き！　前向きでいれば結構周りも引っ張られてくれるんですよ」

彼の視線に現れている私への評価に不服を申し立てる。

私だって、本当は言うほど前向きなわけではない。

普通に落ち込む事だってある。

実家にいた時の縁談の話題に対してだってそうだ。

最近でこそ、仕方ないと諦めていたけれど、その心境に到達するまでには色々と悩む時期だってあった。

多くはないけれど、貴族令嬢の友達に婚約者が出来たとか、幼馴染《おさななじみ》との縁談が決まったとか、好きな人が出来たとかそういう話をしてくれる度に、何で自分だけこんな状態なんだろうと思った事もある。

このままではまずいと焦りを感じるのに、あの田舎では何も出来ない。

毎日毎日、良い縁を結ぶ為だと言われ淑女教育を受けていても、それがなかなか結果に繋がらない事は他の誰でもない私が一番よく知っていた。

それでもその現実から逃げる事は出来ない。

いつ来るのか、来ることがあるかわからないチャンスの為に頑張り続ける事に嫌気がさして、いっその事、結婚は諦めて働きに出ようかと実際には出来もしない事を考えた時もある。

けれど、結局うだうだ悩んでいても、それでもやっぱり何も変わらないのだ。

そう思い至った時、ふと考えた。

どうせ状況が変わらないなら、少しでも明るい未来をイメージしていた方が良いんじゃないかって。

だってそうすれば、気持ちだけでも明るくなれる。

前向きでいれば、俯いている事で見逃してしまうチャンスを見付ける事だって出来るかもしれない。

それに、何より私が暗い顔をしていると周りも心配して暗い顔をするのだ。

私は私を支えてくれる人が好きだから、そんな人達に暗い顔をさせるのは嫌だった。

だから、出来るだけ前向きに考えて笑顔でいようって思った。

そうすれば、周りもつられるように笑顔になってくれる。

それが私の喜びにもなって、きっとお互いが良い未来を見られるようになる。

私はそう信じている。

だから、彼が後ろ向きな事ばかりを考えたり口にしたりするのならば、自分は前向きでいて引っ張って行こうと思う。

そんな健気《けなげ》な乙女心が何故伝わらないのだろうか？

「……まぁ、確かに悪くはないかもしれないな」

「でしょう？」

ボソッと聞こえるか聞こえないかぐらいの声で呟かれた言葉に、私は満面の笑みで答えた。

この瞬間、私は確かに彼の鉄壁の心の中に少しだけ招き入れてもらえたのを感じた。

「今日のデートは成功ですね！」

「そうか？　まぁ……君に対しては気を張るだけ馬鹿らしいというのがわかっただけ良しとするか」

「何ですか、それは！」

あまりの粗雑な扱いに文句を言う私を無視して、彼はベンチに寝転がる。

「何かあったら起こしてくれ。あと、帰ってもいい気分になっても起こしてくれ。……早く家に帰って引きこもりたい」

「ちょっと、タジーク様⁉」

彼は言いたい事だけ言うと目を瞑ってしまう。

どうやら私と共にいる事は許容して下さっているようだけれど、本日分の会話はもう品切れのようだ。

暫くの間、私側に頭を向けて横になってしまった彼にブツブツと文句を言っていたけれど、寝息が聞こえ始めたところで諦めた。

「まぁ、あれだけ周囲に気を張っていた人が眠れるくらいに気を緩めてくれたって事は、かなりの前進と考えれば良いかしら？」

だって、今までだったら絶対にこんな風に私の傍で隙なんて見せてくれなかった。

そう考えると、自分で思っているよりも遥かに私達の恋は前進しているような気がする。

「本当はタジーク様も疲れているみたいだし、このジュースを飲み終えたら帰るつもりだったんだけど……もうちょっとだけのんびりしていこう」

自然公園には貴族の来訪も多い為、専用の馬車停め場がある。

待たせても他のお客さんに迷惑を掛ける事はない。

御者とミモリーには少し悪い気もするけれど、あのマイペースな侍女は、きっと私の戻りが遅いと感じれば勝手に休憩を取っているだろう。

そこら辺は付き合いが長い分、私にも簡単に予想が出来る。

「折角の貴重なタジーク様の寝顔だもの。少し堪能したって罰は当たらないわよね」

そう自分で自分に言い聞かせ、頭を掻いたり横になったりしたせいで乱れてしまった彼の髪をそっと撫でつける。

彼の髪は冷たく硬そうな色に反してサラサラで柔らかく、そして彼の持つ温もりをしっかりと宿していた。

「フフッ。寝てる時は凄く無邪気な顔になるのね」

いつも仏頂面をしているタジーク様。

眉間に皺を寄せる事も多い為、皺の跡が残っているけれど、今はとても穏やかな顔をしている。

そんな普段見られない彼の顔を見ている内に、悪戯心《いたずらごころ》が湧いてくる。

髪を撫でさせてもらっただけで満足すれば良かったのに、彼の整った顔に触れてみたくなってしまったのだ。

勝手に触れようとする事への罪悪感からか、ついつい誰かに見られていないか確認すべく周囲をキョロキョロ見回す。

幸か不幸か、周囲には相変わらず自分達の時間を過ごす事に夢中でこちらの事など一切気にしていないカップルや子供連れが少し離れた所にチラホラいるだけ。

「ちょっとだけ……」

誰にするでもない言い訳を小さく呟いた後、そっと彼の頰に触れる。

あまりにも整っているため、まるでビスクドールか何かのように硬くて冷たい感触をイメージしていたのに、その頬は私が思っていたよりもずっと温かくて柔らかい。

「すべすべで気持ちい……っ⁉」

その触り心地を堪能してフッと口元を緩めつつ、起きない内にと手を引き戻したその時だった。

「タ、タジーク様？」

彼が反射的になのか私の手を摑み、まるで抱え込むように引き寄せる。

軽く寝返りを打った彼の顔が、私の手にまるで頬擦りをするかのような位置に収まり……偶然にもその唇が私の掌に触れた。

「っ‼」

まるで何かを請うかのようなその仕草に、ただの偶然だというのに顔が熱くなり、胸がドキッとする。

「あの……あの……」

慌てて手を引き抜こうにも、思いの外《ほか》強い力で摑まれていてそれも叶わない。

その間にも、彼は眠ったまま心地好い配置を探すように顔を動かし、まるで何度も掌にキスをされているかのような状態になる。

もうどうして良いのかわからず、途方に暮れたその時、彼の唇が微《かす》かに動く。

「……」

「え？　何ですか？」

あまりに小さな声で呟かれたその寝言が気になって、頬を赤くしたまま彼の顔に耳を近付ける。

「……離れ……るな」

何処か懇願めいたその声に、鼓動が更に速くなると同時に、妙に切ない気分になる。

「……大丈夫ですよ。離れません。私はここにいます」

寝ている時でなければ、「いや、さっさと何処かに行け」とでも言われそうだけれど、寝ている彼からの返答は当然ない。

その代わり、ホッとしたように表情を緩めた彼が、キュッと私の手を握り、再び穏やかな寝息を立て始めた。

「寝ている時はこんなにも甘えん坊さんになるんですね」

そんな彼を見て、私の顔にも自然と笑みが浮かぶ。

穏やかな日差しの中、ちょっとだけ恥ずかしい思いを抱えつつも穏やかに時間が過ぎていく。

数分後、目を覚ましたタジーク様が、自分が私の手を掴んでいるのを見て訝し気な顔をし、私が彼の視線と悪戯をした事への罪悪感に耐えかねて白状し、溜息を吐かれる羽目になる。

ただ、彼が無意識にくれた掌へのキスと言葉だけは内緒にし、私の心の中の大切な思い出ボックスにそっとしまい込む事にした。

7　結果報告は大切です

「さぁ、ミモリー！　今日はお兄様の所に行くわよ!!」

朝起きてすぐに私はそう宣言した。

私を起こし、朝の支度を手伝う為に来ていたミモリーは、カーテンを開けながらまるで「何を言ってるんだこいつ」とでも言いたげな視線を向けてくる。

……最近のミモリーは、主人に対する扱いが少し適当過ぎる気がする。

文句を言ったところで、言い負かされるのは目に見えているから何も言う気はないけど。

「お嬢様、一先ずお支度をして下さい。その件につきましては、お食事をしながら話しましょう」

そう言って、顔を洗う為に持って来てくれたぬるめのお湯の入った器を差し出す。

ここで話を聞いてほしいとごねても、ただ時間を無駄に消費するだけなのは長年の経験上わかっている。だから、仕方なくミモリーの指示に従った。

決して、使用人の尻に敷かれているわけではない……と思いたい。

洗顔を済ませ服を着替えてからリビングに行くと、後は最後の仕上げをするだけという状態の朝食が準備されていた。

もちろん、準備してくれたのは侍女であるミモリーだ。

「それでは、今日の予定はフールビン様の所にお弁当を差し入れに行かれるという事でよろしいですか?」

テキパキとミルクをコップに注いだり、パン等を温めたりと、私の世話を焼きながらミモリーが確認してくる。

私はミモリーが用意してくれたミルクを一口コクリッと飲み込んでから頷く。

「最近お兄様、泊まり込みの仕事が続いていて、家に帰って来ていないじゃない? タジーク様との関係も少しずつ良くなってきたし、ずっと心配されていたお兄様に、紹介して下さったお礼と現状報告に行こうと思って」

ここ最近、お兄様は家に帰って来ていない。

お兄様の話によると、王宮には騎士用の泊まれる部屋がいくつかあって、割り振られた仕事の内容によっては、騎士団内に待機しないといけない日でもいつでも呼び出しに応じられるよう何日か泊まり込みで仕事をする事があるらしい。

それは決して珍しいわけではなく、私が王都に来てからの暫くは、私との時間を作る為に意図的に泊まり込み勤務をしないで良いようにお兄様の方で調整をしてくれていたようだ。

しかし、私が王都にいる期間が長くなってきて、そうも言っていられなくなった為、最近では頻繁に泊まり込みの勤務をしている。

どうやら、私が王都に慣れてきたからという安心感から仕事を引き受けるようになっただけでなく、今まで代わってもらっていた泊まり込み勤務のツケも返していかないといけないみたいで、いつもより頻度が高くなっているらしい。

私としては、つい先日までタジーク様との縁談について尋ねられないよう無駄に朝早くから夜遅くまで仕事をして私とほとんど顔を合わせない生活を送っていたのだから、その交代は無駄だったんじゃないかという気もするけど、それは今更言っても仕方ないだろう。

とにかく、そんなこんなでお兄様とはここ何日か、全く顔を合わせていない。

その為、タジーク様とデートした事も、最近ちょっと良い感じになってきている（私基準）事もまだ報告できていない。

と、いうわけで、ずっと私とタジーク様の事を心配してくれていたお兄様に、今日は差し入れがてらご報告しに行く事にしたのだ。

「それで本当のところは？」

私の話を聞いたミモリーが、本心を吐けとでも言うように首を傾げて尋ねてくる。

「いやね。今回は本当にこれが理由よ。まぁ、少し惚気《のろけ》というかタジーク様との距離が縮まってきたからその嬉しい気持ちを聞いてほしいという思いもあるけれど。後は……単純に、お兄様に会えていなくて、寂しいし少し心配なのよ」

いい年して、兄に会えなくて寂しいとか恥ずかしいけれど、それも私の気持ちだから、ここは素直に話しておく事にした。

どうせ私が話さなかったとしても、ミモリーなら既に感づいているだろうしね。

強がっても、これが私だもの。

「なるほど。でしたら、お嬢様分のお弁当も用意しなくていけませんね」

ミモリーがフッと口元を緩めて、そう告げる。

「でも、お兄様も忙しいだろうし一緒に食べてるほど、時間あるかしら？　迷惑じゃない？」

「今日は、王宮内にはいないといけないようですが、丁度昼間はお仕事が入っていないようですから、フールビン様も少しはお時間が取れますでしょう。ご一緒にお食事をなさったらよろしいかと」

「え？　ミモリー、何でお兄様のお仕事の都合なんて知っているの？」

私も一応お兄様からどの日が何の勤務かというのは聞いているけれど、泊まりの時のタイムテーブルのような細かな情報は教えてもらっていない。

それなのに、何故ミモリーは知っているのだろうか？

「王都にいる間、私はお嬢様の世話だけでなく、出来る範囲ではありますがフールビン様のお世話もさせていただいております。早朝に着替えを取りに戻られた時等に着替えの用意をしたり、洗濯物をするのも私です。その際に簡単な食べ物を用意したりする事もありますので、お嬢様よりは詳しい情報を教えていただいております」

なるほど。いつ帰ってくるかわからないお兄様の為に着替えや軽食を用意しておくのは難しい。

それに今の話を聞くと、どうやら私が知らない間にお兄様は短時間であっても家に帰って来ていたようだ。

「ミモリーばっかりお兄様に会ってズルい」

思わず唇を尖らせてジトッとした目でミモリーを見る。

その視線を受けて、彼女は「やれやれ」と苦笑した。

「帰っていらっしゃるお時間が、タイムテーブルの都合なのか、いつも夜明け前や、深夜ばかりなのですよ。本当に短時間しか家にはいられず、眠っておられるお嬢様を起こしても、一言二言交わす程度の時間しかありません。ですから、フールビン様が気遣い、起こさないようにとお命じになられたのです」

「でも……」

ミモリーの言い分も、お兄様の優しい気遣いもよくわかるし、頭では納得しているけれど、やはり寂しいものは寂しい。

自分が知らない間に二人が会っていたという事で、何となく蚊帳《かや》の外にされたようなそんな疎外感を感じる。

もちろん、そんな意図はなく単純な優しさからくるものだと頭ではわかっているんだけれど……やっぱりちょっと不満。

「全く、こんな事で不貞腐れるなんて、お嬢様はいつまで経ってもお子様ですね」

「不貞腐れてなんかいないもの」

ついつい顔をプイッと背ける。

けれど、こんな行動こそまさに子供じみているのだという事は自分でも理解している。

ついつい昔から私の面倒を見てくれていたフールビンお兄様含む家族の皆や、ミモリー含む私が小さい頃から我が家に仕えてくれている使用人達にはこんな風に童心に帰って怒ったり甘えたりしてしまうのだ。もちろん、余所《よそ》ではやらない。

……最近、ガーディナー家にも通いつめ過ぎて馴染んでしまい、少しやってしまいがちだけど、そこまでは……やって……ない……はず？

「はいはい。いくつになってもお嬢様は可愛いですね」

少し馬鹿にしているようなニュアンスが感じられるけれど、その一方で優しい響きも混ざっているから何も言えなくなって口を閉ざす。

「フールビン様もお嬢様には会いたがっていたので、きっと会いに行かれたら喜ばれますよ」

「本当？」

職場に行くのは迷惑かな？　と思い、前回突撃した後はいくらお兄様に会いたくても我慢していた。

前回は切羽詰まった理由があったし、お兄様も意図的に私を避けていたから「やってしまえ！」と踏ん切りがつけやすかったけれど、今回は実は少し躊躇っている部分があった。

報告をしたいと言っても、そんな急ぎの事ではないし、大人しく待ってさえいればそう遠くない日に帰って来るのだから、それまで我慢していれば良いだけの話だ。

早くお兄様に話したい、お兄様に会いたい、お兄様の元気な様子を確認したいというのは、ただの我儘だというのも十分理解している。

ただ、今日はタジーク様も用事があって屋敷には来ないようにと言われてしまった為、余計に寂しさが増してお兄様の顔が見たくなってしまったのだ。

「ええ、本当です。先日戻られた時にも、またお嬢様がお作りになったお弁当を食べたいと仰っていたんですよ」

ニッコリと微笑むミモリーに、やっとそれが事実である事を理解して自然と頬が緩む。

そうか。お兄様も私に会いたかったし、私の作った（お手伝いした）お弁当も喜んでくれていたんだ。

「それに、お嬢様が思っていらっしゃるよりも、騎士団には頻繁に面会に来る方が多く、ハードルは低いらしいですよ。妻に子供、婚約者に恋人、父母、場合によってはファンを名乗るご令嬢までいらっしゃる事があるみたいです」

「ファン⁉」

それはちょっと驚いた。

確かに騎士様は格好良いなとは思うけれど、それでファンになって押し掛けるのは少々勇気がいる。

って、ほぼ毎日タジーク様の家に押し掛けている私が言えた事ではないか。

「あ、フールビン様のファンを名乗る方はまだ現れた事はないそうですよ？　むしろご家族も領地の方にお住まいですので、フールビン様に関しては先日お嬢様が差し入れをするまで面会者が訪れた事がなくて、反対に肩身が狭かったらしいです」

ミモリーが両掌を上に向けて肩を竦める。

お兄様に対して「差し入れをする恋人の一人もいないなんて寂しいですよね」とか言っているけれど、ミモリーだって恋人いない歴と年齢が一緒だったはずだ。

ちなみにファンについては、身元がしっかりしていれば取り次ぎ担当の騎士が来訪者の名前と事情を伝えて、面会を求められた騎士自身にどうするか判断を委ねるそうだ。

もちろん、身元に疑わしいところがある場合は……取り調べをして、怪しければ徹底的に調べられ然るべき対処をされるらしい。

お兄様に会いに行った時、不審者と勘違いされなくて本当に良かった。

「まぁ、それでもお嬢様が気が引けるというのなら、事前に先触れの手紙でもお出しになっておけばよろしいのでは？」

「なるほど」

本来、先触れの手紙を出すならもっと早くに出しておいた方が良いんだろうけど、今からでも出さないよりは良いだろう。

事前に昼頃行く事を伝えておけば、予定を合わせやすくなるし、無理なら無理という返事も貰えるはずだ。

それにミモリーの言うように、昼間のお仕事がないようなら、騎士団の入口まで迎えに来てくれるかもしれない。

そうすれば、他の騎士様にご面倒を掛けなくて済む。

「それじゃあ、お手紙を書くから届けてくれる？　その後に一緒に料理を……って、それじゃあ、ミモリーが大変ね。というか、ミモリーの時間がなくてお弁当が作れないかもしれないわ」

私が領地から連れてきている使用人はミモリーのみ。

お兄様のお部屋には使用人が誰もいない。

つまり、先触れの手紙を届けに行けるのは私かミモリーしかいないのだけれど、私が出しに行ったら本末転倒だ。

だってお兄様にしてみれば、会いに行きたいと言っている相手が既に手紙を届けに来ている状態なのだから。

「御心配には及びません。王都には使用人を連れていない貴族令息も大勢おりますので、そういった事を引き受けて下さる専門のお店がございます。お嬢様がお手紙をお書きになられたら、私が依頼して参りましょう」

「有難う！　ミモリー」

王城まで行って帰るのは時間が掛かるけれど、そういったお店であったら、すぐご近所にあって簡単に届けてくれるらしい。

それなら、ミモリーと一緒にお弁当作りをする時間もあるだろう。

「フフ……。今日は楽しい日になりそうね‼」

タジーク様に会えないのは寂しいけれど、お兄様に会えるのは嬉しい。

領地にいた頃は一年に一度会えればいい方だったとはいえ、他の家族もいたからそこまで寂しさはなかったけれど、目と鼻の先にいて会えないのはやっぱり寂しいのだ。

「お兄様にはいっぱいタジーク様の話を聞いてもらわなくちゃ!!」

私は張り切って朝食を食べた後、手紙をお兄様に送るのだった。

＊　＊　＊

「いらっしゃい、コリンナ」

「フールビンお兄様!!」

私の予想通り、騎士団施設の入口で私達の訪れを待っていてくれたお兄様が軽く手を上げ合図して下さる。

それを見た瞬間、嬉しくなって小走りに駆け寄りお兄様に抱き付く。

近くを通り掛かった他の騎士様が私をお兄様の恋人と勘違いしたのか、囃《はや》し立てるように指笛を吹くのを聞いて、お兄様が私を抱き返しつつ「妹だよ」と訂正している。

……お兄様、それはそれでちょっと寂しい感じがしますよ?

「お兄様、またお弁当を作って参りました。ミモリーに聞いたら今日はお時間があるとの事。一緒に食べて下さいますか?」

小首を傾げて上目遣いにおねだりすると、フールビンお兄様は困ったような照れくさそうな、そんな笑みを浮かべて「もちろんさ」と答えて下さる。

お兄様はそのまま施設には入らず、王宮の中にある一般の貴族にも開放されている庭園へと連れて行ってくれた。

庭園には多くの貴族が来ており、花々を楽しんだり、食事をしたりと、のんびり過ごしていた。

先日タジーク様と行った自然公園と似ていて、カップルや家族連れ等が多くゆったりとした空気が流れているけれど、規模としてはこちらの方が狭く、視界に入る人の数はこちらの方が遥かに多い。

暫く散策した私達は、丁度カップル達が食事を終えて席を立つのを見付け、空いた席に腰を掛けて昼食の準備を始めた。

お兄様曰く、ここは王宮の中でも一般貴族に開放されている数少ないスペースであり、貴族向けの観光スポットとしても人気が高いらしい。

中にいる人数が多くなり過ぎないように入口で調整しているらしいけれど、それでもやはりいつも混んでいて、食事の席を見付けるのも一苦労のようだ。

「いつもはもう少し探したりするんだけど、今日はタイミングが良かった。ラッキーだったね」

そう言って笑ったお兄様に私も笑みを返す。

偶然とはいえ、私達が座る事の出来たのは、庭園全体を見渡せるのに混んでいる場所からは少し離れていて、落ち着いて過ごせそうなそんな良い席だった。

ミモリーは他の貴族の目もある為、一緒には食べず給仕に徹し後で一人で食べると言うので、お言葉に甘えてお兄様と二人の食事を始める。

「お兄様、最近、お仕事の方はどうです？　やはり忙しいのでしょうか？」

いつも通りの笑みは浮かべているけれど、少しだけ疲れているような気がして尋ねる。

お兄様はそれに対して、少し考えた後で首を振った。

「まぁ、仕事だからね。それなりに忙しいけれど、普段と変わらないよ。まぁ、強いて言えば、折角王都に来ている可愛い妹に会えないのは寂しいかな？」

「まぁ、お兄様ったら」

少しふざけた様子で私にウインクをしてくるお兄様に、ついつい口元に手を当てて笑ってしまう。

けれど、その言葉を聞いて、寂しいのは私だけではない事に少しだけホッとした。

「お前の方は……どうだ？」

お兄様が何について尋ねているのか、明確な言葉にはしなかったけれどすぐにわかった。タジーク様との事だ。

だって、その心配そうな顔が物語っている。

「本当に無理はしなくて良いんだぞ？　お前の方から言いにくければ、俺の方から団長を通して言ってもらうし……」

お兄様が私の作った鶏肉を油で揚げた料理を口にしながら、気まずそうにボソボソと呟く。

お兄様も気になっていただろうし、何より私もお兄様に話したかった。

ここはしっかりと成果を報告しなくては。

「私、先日遂にタジーク様とデートをしましたわ！」

「そうか。やっぱり駄目だったか。それでデートを……デート？　デートッ!?」

しんみりとした口調で喋《しゃべ》っていたお兄様が、口にした鶏の揚げ物を噴き出しそうな勢いで素《す》っ頓《とん》狂《きょう》な声を上げ、私の方を見つめる。

私は満面の笑みでお兄様にVサインをした。

「ちょっと待て。デートってあの、男女が二人で出掛けるあれか？　向こうはちゃんとデートだと認識しているのか？　というか、彼は仕事以外で家から出たのか⁉」

私の肩を掴み前後に揺さぶるお兄様。

「ちょっと、やめ……」

いけないわ。私は淑女だからそんな激しい動きには慣れてないの。

お腹に入れたばかりの鶏の揚げ物が出てきちゃうじゃない。

「フールビン様、そのくらいになさらないと、お嬢様が淑女にあるまじき状態になってしまいます」

慌てて口元を手で押さえながらお兄様を制止しようと四苦八苦していると、私の状態を察したミモリーが止めに入ってくれる。

その声と威圧感にハッとしたお兄様が慌てて私の肩から手を離し、「ごめん」と詫びる。

「それで、彼とデートをしたというのは本当かい？」

「ええ、もちろんですわ」

ホッと息を吐いて、胃が落ち着いたところで胸を張って自慢げに話すと、お兄様は信じられないものを見るような目を私に向けてきた。

「彼っていうのは、タジーク・ガーディナー第六騎士団長だよな？」

「ええ、もちろんそのタジーク様とです」

「あの引きこもり騎士で有名なタジーク・ガーディナー殿だよ？」

「そうですわ！　家から引っ張り出すのに苦労しましたが、団長様のお手紙の手助けもあって何とか初デートをしましたわ」

何度も何度も念を押して確認してくるお兄様に、私はニコニコと頷く。

結局お兄様は私の言葉だけでは信じられなかったのか、最終的に傍に控えていたミモリーに視線を向けて確認していた。

……お兄様、私が何度真実だと言っても信じなかったのに、何故ミモリーが一度小さく頷いただけで信じるのですか？　解《げ》せません。

「あぁ、疑って悪かった。だが、彼は社交界でも有名な人嫌いの引きこもりでね。滅多に人の集まる所に出てこないし、出て来てもほとんど会話をしないんだ。特に女性に対してはその傾向が顕著でね」

ミモリーから視線を戻して、私が頬を膨らませている事に気付いたお兄様は慌てたようにフォローに入る。

私もタジーク様と過ごす時間が増えたり、貴族の集まる場所に行ったりしている内に、少しずつ彼の周囲からの評価や噂話《うわさばなし》なんかも耳にするようになったから、その事は知っている。

まぁそれでも私の場合、団長様の判断で何の前情報も与えられないまま、彼と出会い関わるようになったせいで、幸い噂に流されずありのままの彼を見る事が出来ている。

だから、噂を聞いてもそれはそれ。

それを聞いて彼に対するイメージを変えるような事はない。

この辺は本当に団長様に感謝しないといけないと思う。

「確かにタジーク様は引きこもりですし、人と関わる事を厭う傾向があります。私も何度無視されたり追い返されたりしたことか……」

「なっ⁉」

私の言葉にお兄様が目を見開く。

これでも妹として可愛がってもらっている自覚はある。

今の話で私が傷つけられたと知り、苛立ちを覚えた事も手に取るようにわかった。

「しかし、タジーク様は本当はお優しいんです。追い返そうとはなさいますが、私が本当にショックを受けたり傷ついている時にはすぐにフォローに入って下さいます。状況によっては、自分の意思を曲げてでも私の事を気遣って下さいます」

「あのタジーク殿が？」

訝しむように私を見るお兄様。

私が冷たくあしらわれた事に驚き、優しくされた事に対しても驚いているようだけれど、それならばどんな態度だったら納得するのだろうか？

「そうです。あのタジーク様が、です。めげずに何度もお宅訪問している内に、徐々に相手をして下さる事が増え、遂には先日デートまでして下さるようになったのです‼」

「……要するにお嬢様の底なしの根性に根負けしたという事です」

「ミモリー煩い」

私がタジーク様との愛の軌跡について切々と語っている間、信じられないというように目を見開いて固まってしまったお兄様に、ミモリーがまるで補足とばかりに余計な解釈を口にする。

「あぁ、なるほど。そういう事か。さすがの鉄壁のタジーク殿もコリンナの猛攻には勝てなかったというだけの話か。うん、納得したよ」

「……お兄様」

何故ミモリーの余計な解釈でそうも簡単に納得してしまわれるのですか。

私とタジーク様が縁を深めたという事実には納得してほしいけれど、その納得の仕方は何だか釈然としません。

「まぁ、何はともあれ、彼と親しくなれたようで良かったじゃないか」

ジト目でお兄様を見ていると、視線を逸らしつつ「ハハハ……」と笑って誤魔化された。

やっぱり納得がいかない。

「まぁ、何はともあれコリンナが嬉しそうで良かったよ。その調子ならタジーク殿とのデートも良い思い出になるだろうしね」

「お兄様、何故過去の話になる事が確定したかのような口調で話されるのですか？」

酷いです。私の恋はまだ終わっていません。

現在絶賛進行中なのです。

もちろん､前回のデートは『初デート』として思い出にしっかりと残すつもりですが､今後も色々な思い出を増やしていくつもりです。

終わってません。

まだこれからです。

終わってません!!

「ま、まぁ、これからの事はまだわからないしね？」

心の中で何度も終わってないと言い、その思いを視線に乗せてお兄様にぶつけていると、お兄様も私の言いたい事を察したのかあたふたとフォローに入る。

けれど、その口調からは「まぁ、時間の問題だろう」という心の声が手に取るように伝わってくる。

……まぁ、ここでどっちが正しいと言い合っても未来の事である以上結論は出ないだろう。

有言実行でこの恋を実らせれば、きっとお兄様も納得するはずだ。

だから今は口を噤《つぐ》んで……しまうのは、やっぱり腹が立つから、これまでの私のアプローチとそれに対するタジーク様の素敵な対応について話して聞かせる事にしよう。

それから私は、お兄様との食事が終わるまでの間、今までにあったタジーク様との出来事をしっかりとお話しする事にした。

そうすれば、きっとお兄様もタジーク様の良い所や、少しずつではあるけれど私に気持ちを傾けてくれているという事実を理解して下さるだろう。

話し終えた頃には、お兄様が頭を抱えて「うわぁぁぁ！　タジーク殿に謝罪の手紙を送らなければ‼」と叫んでいたけれど、何故そうなったのかはよくわからなかった。

＊　＊　＊

「ちょっとそこのお嬢さん」

お兄様とお別れした後ミモリーが辻馬車を捕まえてくるというので、お城の門の傍で待っていると、突然見知らぬ女性に声を掛けられた。

おっとりとした雰囲気の、お母様より少し年上ぐらいの女性。

身に着けている服装は私のものと同レベル、もしくは少し下位のレベルの貴族女性向けのドレスだ。

多分階級的には似たり寄ったりだと思うから、何処かで知り合っていてもおかしくはないけれど……私の数少ない社交経験の記憶を掘り起こしても、彼女に該当する女性は全く出てこない。

忘れているだけか、或いは初対面か……。

結局、素性がわからない為、私は敢えて明確な態度は取らず曖昧に笑って首を傾げる事で相手の出方を見る事にした。

「急に声を掛けてしまってごめんなさいね。さっき、貴女《あなた》と貴女のお兄様が話しているのが少し耳に入ってきて。懐かしい名前が出てきたから少し気になって声を掛けてしまったの」

良かった。

どうやら知り合いではないようだ。

「まぁ、そうだったのですね。それで私に何か？」

思い出せなくて当然の相手だった事に胸を撫で下ろし、用件を尋ねる。

私とお兄様の会話が聞こえてきて気になったからと言っていたけれど、一体何の事だろう？

ま、まさか、タジーク様の昔の交際相手なんて事は……。

突如脳裏を過《よ》ぎったタジーク様の熟女好き説。

他の事なら努力で何とかなるけれど、年齢だけはどうしようもない。

化粧を濃くして多少実年齢よりも上に見せる事は出来るかもしれないけれど、お母様と同年代に見せる事は無理だ。

「あら、ごめんなさい。どうやら困惑させてしまったみたいね。実は私は以前タジーク様の乳母をやっていたのよ。それで、暫く会っていない懐かしい名前が耳に入ってきて、ついね」

私の様子を見て、クスクスと朗らかに笑った女性は、私を安心させるように穏やかな口調でそう説明してくれた。

「タジーク様の乳母？」

「えぇ。以前、タジーク様の乳母としてガーディナー家に仕えていたカルミア・ウルーバよ。よろしくね、可愛いらしいお嬢さん」

ニッコリと微笑み、スカートを軽く持ち上げ淑女同士の簡単な礼をしてくるカルミアさん。

凄く美人というわけではないけれど、話していると惹きつけられるような独特の雰囲気がある女性だ。

「初めまして、コリンナ・ゼルンシェンと申します」

カルミアさんの綺麗な所作にちょっと気後《きおく》れしつつも礼を返す。

「フフフ……。それにしても、あのタジーク様にこんな良い方が出来るなんて。暫く会わない内に子供は成長するものね」

何処か懐かしむような口調でそう語るカルミア様。

きっと、子供の頃のタジーク様のお姿を思い浮かべているのだろう。

是非ともその記憶を私も共有したいものだ。

「あの、カルミア様とタジーク様はその……」

カルミア様の口調からして、お二人は最近お会いになっていないのだろう。

現に、タジーク様の口からもガーディナー家の使用人からも、カルミア様のお名前が挙がった事は今まで一度もなかった。

別に比べるものでもないのだろうけれど、私の乳母は領内の比較的大きな商家の出の女性で、私が大きくなった事で「やる事がない！」と言って我が家を辞してからも、比較的頻繁に私に会いに来てくれている。

我が家はそんなに大きな家ではないから、都会の大貴族や王族のように子育てはほとんど乳母任せなんて事はなかったけれど、やはり自分を育ててくれた女性である彼女との縁はそれなりに太いものだと感じている。

だから、こうして突然現れ、タジーク様の乳母だと名乗った女性が、暫くタジーク様と会っていないという事に違和感を感じてしまったのだけれど……都会ではこれが普通なのだろうか？

「私とタジーク様はね、以前ちょっとした行き違いで仲違《なかたが》いしてしまってね。本当はまたお会いしたいのだけれど……タイミングを逃してそのままになってしまっているの」

私の聞きたかった事を察したのか、困ったような悲しそうな顔でカルミア様はそう語る。

「まぁ、それは何というか……」

確かに、タジーク様は頑固な所があるし、人間不信でもあるから一度こじれると厄介そうだ。

きっとカルミア様もそれがわかっているから、敢えて無理に距離を縮めようとはしないのかもしれない。

「だからちょっとだけ、懐かしい名前を聞いて、今あの方がどのようにお過ごしなのか聞きたかったのよ。社交界で聞く話は……ほら……ね？」

少し躊躇うように言葉を濁すカルミア様。

もちろん、彼女が何を言いたいのかはよくわかる。

別に貶《けな》しているわけでもなく、ただ彼の現状を言葉にしているだけなのだけれど、『引きこもり』と言ってしまうとどうしても悪いイメージが付きまとってしまうから、声には出しにくいのだ。

……私はよく気にせずに口走ってしまうけれど。

「タジーク様はお元気にしていらっしゃいますよ。ちょっと頑固なので、お外に連れ出すのに苦労はしますけれど」

ニッコリ笑って明るい口調でそう告げると、カルミア様は嬉しそうに笑みを浮かべた。

「まぁ、そういうところは相変わらずなのね。タジーク様は昔からこうと決めたら曲げない方だったもの。私もよく手を焼かされたわ」

彼女はそう言いながら、首から下げていたネックレスを取り出す。

そして、懐かしそうな……それでいて何処か切なそうな表情を浮かべながら、そのネックレスを指でそっと撫でた後、パチッと小さな音を立ててそれを開いた。

どうやらそのネックレスは、中に小さな肖像画を入れる事が出来るようになっていたようだ。

そして、チラッと見えたその中には……。

「……もしかして、それ小さい頃のタジーク様ですか⁉」

思わず彼女の横に立ち、密着させるように体を寄せて覗き込む。

「ええ、そうよ。私が乳母を務めさせていただいて暫くした頃、記念にと旦那様が絵師に私とタジーク様が並んだ絵を描かせて下さったの。大本《おおもと》の絵は、家に飾ってあるのだけれど、私にとっては彼も実の子のような存在だから……。だから、会えなくなってからは、こうしてその絵を元にした細密画を描いてもらって、このネックレスに入れて持ち歩いているの」

穏やかに微笑む彼女は、そっと首からネックレスを外してくれ、それを私に手渡す。

自分の手に持ち、改めて見たその絵には、椅子に座った女性と幼い子が寄り添う姿が描かれていた。

女性の方は、今よりもずっと若い頃のカルミアさん。

子供の方は、きっとタジーク様の幼少期のお姿だろう。

今のように尖った感じがなくあどけなさと純粋さが前面に出ていて、何処か少し甘えん坊そうな雰囲気を醸し出してはいるけれど、その面立ちは今のタジーク様に通じるものがある。

「この絵を描いていただいた時も、やりたい遊びがあったのに邪魔をされたと怒ってね、なかなか機嫌が直らなくて大変だったわ。最後は旦那様と奥様、そして私の三人がかりで宥めすかして説得してね、何とかモデルになってもらったのよ。あぁ、そう言えばジャルトさんやバーニヤさんも協力してくれたわね」

「その話を是非！　幼少の頃のタジーク様の話、聞きたいです‼」

つい勢い込んで尋ねてしまうと、彼女は少し驚いたように目を見開いてから子供の頃のタジーク様との思い出をかいつまんでいくつか話してくれた。

タジーク様が家庭教師の方が気に入らず、授業の時間に物置に閉じこもって出て来なくなった事件や、お父君《ちちぎみ》からのお土産《みやげ》のケーキを全部一人で食べると言い張り、食べ過ぎで医師を呼んだ時の話など、今の彼からは想像付かないようでいて、何となく納得してしまう話を聞かせてもらい、私は小さい頃のタジーク様を想像して身悶えた。

あぁ、出来る事ならもっともっとお話を伺いたい。

そんな事を思い、次の話を強請《ねだ》ろうと口を開き掛けたその時、遠くから馬車を連れて戻って来るミモリーの姿が見えた。

「あら、お迎えが来たみたいね」

私の視線の先に気付いたカルミア様は「残念だけれど、今日はこの辺で」と言って立ち去ろうとする。

「あ、あの、また今度、是非タジーク様の子供の頃の話を聞かせて下さい！」

私に背を向けて歩き出す彼女にそう声を掛けると、彼女は振り返りニッコリと笑って「えぇ、もちろん。私にも是非今の彼の話を聞かせて頂戴」と言って頷き、そのまま立ち去ってしまった。

「お待たせしましたお嬢様。……あの、今の方は？」

私の前に馬車を停めさせ、御者台から一人軽やかに降りたミモリーが訝しむような視線をカルミア様の背中に向けて尋ねてくる。

「あの方はタジーク様の乳母をなさっていたカルミア・ウルーバ様よ。偶然私とお兄様がタジーク様のお話をしているのを聞いて、気になって声を掛けて下さったそうなの」

「カルミア・ウルーバ様……ですか？　タジーク様の乳母の？」

「えぇ、そうよ。ミモリーが来るまで幼少の頃のタジーク様のお話を聞かせてもらっていたの」

今まで聞いた事がなかった貴重な話を聞けてご機嫌な私は、満面の笑みでミモリーにそう説明した。

「さようでございますか」

ミモリーはそんな私の言葉に耳を傾けつつも、カルミア様が立ち去った方角をジッと見つめていた。

その後、小さく溜息を吐いてから私に向き直る。

「お嬢様、いくら女性とはいえ、見ず知らずの方とそのように無防備に話さないで下さいませ。今回は偶然何もありませんでしたが、王都には田舎と違って悪い人も大勢いるのですよ。お嬢様のように無防備では、あっという間に身包《みぐる》みを剝がされて大変な目に遭ってしまいます」

何処か浮かれ気分だった私に、ミモリーの雷が落ちる。

「大体、お嬢様は警戒心というものがなさ過ぎます。人目が多く、お城を守る騎士の方の目もあると思い、お一人にした私も悪うございますが、お嬢様はお嬢様でお気を付け下さい」

「……ごめんなさい」

まるで子供のように説教をされてしまいしょんぼりする。

確かに今回はたまたまタジーク様の乳母だった方だから良かったものの、全く知らない人に話し掛けられる度にほいほいと話に乗っていたら、大変な事になる可能性だってある。

お父様やお母様、お兄様達も言っていた。都会は怖い所だって。

「全く、タジーク様とコリンナ様、混ぜ合わせて半分にしたら丁度良いのに」

「あぁ、確かに、そうしたら丁度いい警戒具合になるわね！」

ミモリーの言葉にパチンッと手を打って納得する。

私のその様子に、ミモリーが「こいつ本当に反省しているのか？」とでも言いたげな視線を向けてきた為、慌てて背筋を伸ばして何度も頷いた。

「本当に気を付けて下さいね。それでは帰りましょう」

待たせていた辻馬車の御者に声を掛けて乗り込む。

いざ出発というところでふと気が付いた。

「そういえば、またお話を聞かせて下さいとお願いしたのに、何処に行けばお会い出来るのか尋ねるのを忘れてしまったわ」

「……お嬢様」

是非またタジーク様の話を聞きたかったのに、これは痛恨のミスだ。

ショックを受けてあんぐりと口を開けている私に、ミモリーは今日も冷たい視線を向ける。

「過ぎた事は仕方ありません。諦めて帰りますよ」

私は名残惜しい気持ちでカルミア様が立ち去って行った方角に視線を向けたけれど、当然そこに彼女の姿はもうなかった。

……この時の私は、この一連の流れを物陰からジッと見つめている人物の存在に、ほんの少しも気付いていなかった。

8　困惑しています

カルミア様に出会った翌日、私はいつも通りタジーク様の屋敷を訪ねていた。

昨日は珍しく用事があると言っていたが、今日は何も言われていないから大丈夫なはず。

そんな思いで向かった屋敷は、何だかいつもと様子が違いおかしな雰囲気が流れていた。

いつも通り声を掛けるとジャルトさんとバーニヤさんが出迎えてくれるけれど、彼等も何処かよそよそしいというか、心配そうな目を私に向けてくる。

屋敷にいる他の使用人も、何処か私と距離を置いているような印象を受ける。

今日はタジーク様は自室ではなく、敷地内にある温室の一角に作られた喫茶スペースで待っていると言われた。

彼が部屋の外で私を待っていたのは、あの蟻事件の時以来だ。

あの時だって、私を待って部屋の外にいたのではなく、部屋にいられないから外の廊下にいただけだ。こんな風に彼が私を待っていた事なんてない。

普段だったら、「タジーク様が私の事を待っていてくれた！」と歓喜に沸いていただろうけれど、今日は喜べない。

喜べるような雰囲気じゃないのだ。

嫌な予感をひしひしと感じる。

ジャルトさんの後について、タジーク様が待つという温室へと向かう。

その道すがら、不安に耐えられずミモリーに視線を向けると、彼女も何か異様な雰囲気を感じ取っているのか、警戒をするように周囲に視線を走らせていた。

いつもだったらタジーク様の部屋に向かうまでの間は、案内をしてくれるジャルトさんやバーニヤさん、もしくは他の使用人さん達と楽しく雑談をしていくのに、今日はそれが出来る空気ではない。

でもだからといって、無言のままなのも落ち着かなくて恐る恐るジャルトさんに声を掛ける。

「あの……」

「コリンナお嬢様、私どもはお嬢様を信じております。坊ちゃまも本心ではきっとそれを望んでおられます」

「……え？」

振り返る事なく告げられた言葉に戸惑う。

『私を信じている』と告げられているのに、その言葉の裏側には、私が何か信用を失うような事をしてしまったような、そんな不穏な雰囲気が感じられる。

けれど、そんな意味深な事を言われても、私には思い浮かぶ原因が一つもない。

もしかして、昨日タジーク様の言葉に従ってお屋敷を訪ねなかったのがいけなかったのだろうか？

でも、以前のタジーク様と違って、昨日の来訪を断った時のタジーク様は、ただ放っておいてほしいと言っているわけでなく、明確な理由があって断っているようだった。

だから私もいつものようにごねずに素直に従ったのだ。

「こちらへどうぞ」

温室のドアを開けると室温は丁度良いのに、何処か寒々しいものを感じる。

体感とか見た目とかそういった類《たぐい》の寒さではなく、空気感のようなものが凍えているようだった。

「坊ちゃま、コリンナ様がお越しでございます」

「あぁ、入ってもらってくれ」

喫茶スペースに入る前に、ジャルトさんが声を掛けると中からタジーク様の応答が返ってきた。

いつものような怒っている声でも呆れている声でもなく、平坦で無感動な声だった。

「あの、タジーク様？」

戸惑いつつも、ここまで来て逃げ出すという選択肢は存在しない。

不安で重くなる足を叱咤して、ジャルトさんに促されるがままにタジーク様のいる喫茶スペースへと足を踏み入れた。

「やぁ、コリンナ嬢。よく来てくれたね。さぁ、座ってくれ」

笑顔だ。

笑顔なのに何故か彼の中の感情が全て凍り付いてしまったような、そんな冷たく突き放すようなものを感じる。

「あ、あのタジーク様？　私、何かまた失礼な事を……」

私は何度も何度もタジーク様に迷惑を掛けるような失敗をしてきている。

その度に謝り、優しい彼に許してもらってきた。

だけど、今回は今までとは明らかに様子が違う。

それが私の中の不安と恐怖を更に煽《あお》っていく。

「何か心当たりが？」

タジーク様の視線が私を射抜く。

まるで、「もうわかっているだろう？」とでも言いたげな光を宿したそれに、胸がキュッと竦み上がり体が震える。

けれど、それは彼から向けられた冷たい怒りと拒絶に反射的に体が反応しただけで、その先に思い浮かぶものは何もない。あるとすれば、困惑のみだ。

……どうしよう。謝るべき事が何なのかわからなくては謝る事すら出来ない。

早くこの凍てつくような雰囲気を何とかしたいのに、何をどうすればいいのかわからず不安で泣きそうだ。

「す、すみません。思いつく事が……」

暫く考え込んではみたもの、結局何も思い浮かばず素直にそう答える事しか出来なかった。

「そうか」

タジーク様はそんな私の返答に何処か諦めの色を滲ませて、視線を逸らした。

「……席に着いたらどうだ？」

再度椅子を勧められて、逃げ出したい気持ちを押し殺して腰を下ろす。

ここで逃げたらもう本当に全てがおしまいになる。

そんな危機感を感じていた。

「ジャルト、彼女にもお茶を」

「畏《かしこ》まりました」

心配そうに様子を見ていたジャルトさんが、タジーク様の命令でお茶を淹れ始める。

しんと静まり返った室内に、ポットにお湯を注ぐ音だけが響いた。

「コリンナお嬢様、どうぞ」

「有難う、ジャルトさん」

いつの間にか緊張で冷え切ってしまった指先を温めるように、目の前に置かれたティーカップを両手で持ち、唇を付ける。

本来であれば、淑女の持ち方ではないが、今は凍えた体に少しでも温もりが欲しかった。

……コクンッ。

「はぁ……」

ここ最近のタジーク様のお屋敷通いで慣れ親しんだお茶の味が少しだけ心を落ち着けてくれる。

口から喉を通って胃へと落ちていく温もりが、強張《こわば》った体を少しだけ和らげてくれるような気がした。

「……躊躇わず飲むのか？」

「……へ？」

すっと目を細めたタジーク様の視線の先には、私が両手で握りしめているティーカップ。

意味がわからず小首を傾げると、タジーク様はククッと喉で小さく笑う。と同時に慌てた様子で私の手からティーカップを奪い取ったミモリーが匂いを嗅いだり、お茶を指につけて舐めたりしている。

一体どういう事だろう？

「大丈夫だ。何かを入れたわけではない」

「紛らわしい事をなさらないで下さい」

一通り何かを確認して安心したような表情を浮かべたミモリーがタジーク様を睨みながらティーカップをソーサーに戻す。

状況が理解できていない私は、ただ二人の険悪な雰囲気におろおろするばかりだ。

「……坊ちゃま」

どうすれば良いのかわからず、ミモリーとタジーク様を交互に見ていた私を見兼ねてか、ジャルトさんが窘めるようにタジーク様を呼んだ。

タジーク様は「フンッ」と不満げに小さく鼻を鳴らしてミモリーとぶつかり合っていた視線を逸らす。

「コリンナ嬢、昨日は何をして過ごしていたんだい？」

明らかにトーンが変わった口調。

突然の雑談に更に困惑が深まりつつも、昨日の事を思い出しつつ答える。

「昨日は、タジーク様のご都合が悪いとの事でしたので、久々にお兄様の所にお弁当を作って持って行きました。時間があるとの事だったので、王宮の庭園でお兄様と一緒に昼食を取り、帰ってきましたけれど……」

ありのままに答えてみたが、何が不満だったのかタジーク様の眉間に皺が寄る。

「それだけか？」

「それだけ……ですけど？」

タジーク様が何を聞きたいのかがよくわからない。

知りたい事があるなら、こんな遠回しな聞き方はせずにはっきりきっぱり言ってくれれば良いのに。

正直、こういうまどろっこしい質問のされ方は苦手だ。

私には質問の裏に隠された意図が読めないもの。

出来る事なら、はいかいいえで答えられる質問にしてほしい。

そうしたら、相手の意図からずれることなく答えられる。

「本当にそうか？」

「はい」

どんどんと不愉快そうに眉間の皺を深めていくタジーク様。彼が求めている答えがこれではない事はわかるのに、他に何を答えれば良いのかがわからない。

意味のわからない怒りをぶつけ続けられ、段々と私もイライラしてきた。

「何をお聞きになりたいのですか？　聞きたい事があるならはっきりと尋ねて下さい。そんな遠回しな言い方をされても私にはわかりません」

いけないと思いつつもついついムッとして強い口調で尋ね返してしまう。

不安の頂点に達していたというのもきっと原因だと思う。

そんな私の態度に、タジーク様は一気に不機嫌さを増幅させ、バンッ！　と机を叩いて立ち上がった。

「なら聞いてやる。昨日、君はフールビン殿以外に人と会っていただろう⁉」

「っ！」

突然大きな音を出され、怒鳴られ、反射的に体がビクッと萎縮した。

その様子を見て、タジーク様は私が図星をつかれて驚いたのだと思ったのだろう。

「ほら見た事か」とでも言いたげに腕を組んで冷たい目で見下ろしてくる。

「お兄様以外で会った……人？」

両親やお兄様達含め、男性にここまで強い態度に出られた事がない私は、ビクビクと怯えながらも止まりそうになる思考を無理やり動かして誰の事を指しているのか考える。

そしてやっと答えに辿り着いた。

「もしかして、カルミア様の事ですか？」

「他に誰がいると言うんだ！　昨日は俺も第六騎士団の仕事で王城に行っていたんだ。その時に俺は確かにこの目で見た。君とあの女が楽しそうに話しているところをな!!」

ムッとした様子で、再び勢い良く腰を下ろすタジーク様。

その時不意に、彼女が言っていた言葉を思い出す。

そういえば、タジーク様とカルミア様は何か行き違いがあって仲違《なかたが》いをしたと仰ってた。

という事はあれか？

喧嘩した相手と仲良さそうにしていた私に対して、裏切られたような気がして怒っていると、つまりはそういう事なのかな？

「タ、タジーク様、誤解です。カルミア様は仲違いしたままになっているタジーク様の事を心配されて、たまたまお兄様とタジーク様の話をしていた私の話を聞き、最近の様子を聞きたいと話し掛けて下さって……」

「誰がそんな言い訳を信じるというんだい？」

何とか誤解を解こうと思って必死で状況を説明するけれど、タジーク様は聞く耳を持って下さらない。

「ですから、タジーク様は何か思い違いをなさって……」

「俺は思い違いなどしていない。君はあの女と会っていた。俺はあの女と俺のいない所で会っていた君を信じられなくなった。ただそれだけだ」

私の言葉を遮るように告げられた、冷たく拒絶的な言葉。

「何故だ！」と怒ってくれた方がまだ救われた。

怒りであれ何であれ、感情を向けてもらえるだけ、対話の可能性が見出《みいだ》せただろうから。

しかし、今の彼にあるのは単純な拒絶。

真実なんてどうでも良くて、彼女と話したこと自体が悪で、それをした私をまるで切り捨てるかのような言葉をぶつけてくる。

「タジーク様……」

縋《すが》るように名前を呼んだけれど、その先の言葉が出てこない。

そんな私に対して、彼は立ち上がり背を向けた。

「もう茶番は終わりにしよう。さっさと帰ってくれ。帰って……二度とここには来ないでくれ」

彼から告げられた明確な別れと拒否の言葉。

今まで彼が私に告げていた「帰れ」という言葉とは重さが全然違う。

完璧なる拒絶。

胸が握り潰されたかのように激しい痛みを訴える。

「嫌です！　嫌です、嫌です、嫌です‼」

涙をボロボロと流し、恥も外聞も投げ捨てて、部屋を出て行こうとする彼に追い縋るように叫んだ。

けれど、彼は一切振り返ってはくれない。

いつもだったら私が泣いたり落ち込んだりすれば、困ったような顔をして少しだけ態度を軟化させてくれたのに、今はまるで鉄の扉をぴっちり閉めてしまったかのように彼の心はほんの少しも揺れてくれない。

「タジーク様！　タジーク様‼」

ほんの少しの躊躇いもなく出て行ってしまった彼の背中に絶望する。

心の中で「何故⁉」と何度も何度も尋ねながらその場で泣き崩れた。

理由は明確なようで不確か。

昨日、たまたま偶然出会い少し話をしただけの彼の乳母を名乗る女性が、彼にとって地雷と言うべき存在だった事は確かだけれど、何故そうも過剰反応するのかがよくわからない。

「コリンナお嬢様」

テーブルに突っ伏すように泣きじゃくり、身動きの取れない私を慰めるようにジャルトさんがソッと背をさする。

「ジ、ジャルトさん。ねぇ、何がいけなかったの？」

恐らく全ての事情を知っているであろうジャルトさんに教えてくれと縋る。

けれど、タジーク様の従順たる使用人である彼は一瞬口を開きかけただけですぐに閉じてしまった。

「少しずつだけど前に進めてるって……そう思っていたのに、何でこんな急に……。わかんないよ。わかんないよ！」

自分に明確な非があったのなら――それこそ私自身の失敗が原因だったり、そうでなくとも相性や好みの問題だったりしたらまだ諦めも付いた。

けれど、こんなのはどう考えたって納得できない。

だって、いくら彼にそれ相応の事情があったとしても、それを教えてもらっていない私からしたら、ある日突然道を歩いていたら見知らぬ人に体当たりをされて、それを理由に振られたようなものだ。納得できるはずがない。

「ねぇ、理由があるなら教えてよ！」

もう既にいなくなってしまったタジーク様の代わりに、答える事が出来ない立場だと知りつつも責めるようにジヤルトさんに尋ねる。

ジヤルトさんは私の悔しさと悲しさと憤りを理解してくれているのか、ただただ悲しそうな目で私を見つめ、宥めるように背中をさすってくれる。

けれど、結局何も言ってはくれなかった。

「帰りましょう。お嬢様」

どれぐらい泣き続けただろうか？

泣き過ぎて頭がボーッとしてきた頃、ミモリーがそっと声を掛けてくる。

「……帰りたくない」

ここで帰ってしまったら、本当にタジーク様との繋がりが切れてしまいそうな気がして怖かった。

「お嬢様……」

泣いて掠れてしまった声で答え、力なく首を振る私に対して、ミモリーは痛ましいものを見るかのように切なげな顔をした。

そして、何度か言い掛けては口を閉じてを繰り返した後、意を決したように眉尻を上げて私を睨みつけた。

「全く、いつまでうじうじしていらっしゃるんですか。お嬢様らしくもない」

叱咤するように強い口調でそう告げた彼女は、私を見下ろして腰に手を当てた。

「『今回は』失敗してしまったようですけれど、ここで諦めるお嬢様ではないでしょう?」

「……ミモリー?」

さっきまでの憐れむような視線から一転して、大げさに呆れたような顔をする彼女に驚いて見上げる。

その言動とは裏腹に、彼女の瞳には慈愛の色が深く深く浮かんでいた。

それはまるで『さっさと立ち上がって前に進め』と励ましているかのようだった。

「いつまでもここに居座っていても状況は変わらないのですから、ここは一度戦略的撤退というやつですよ。そして、また作戦を立てて……もう一度来ましょう?」

もしかしたら何度来てももうダメも知れない。

そんな事は私以上に冷静なミモリーの方がよくわかっているはずだ。

それでもこんな風に言ってくれるのは、私の気持ちを守る為。

彼女は私が頑張り切るか、もしくは私自身が気持ちに折り合いを付けるまで、徹底的に付き合ってくれると言っているのだろう。

「で、でも、迷惑じゃ……」

彼女の気持ちを知りつつも、私の口から出てきたのはそんな弱気な言葉だった。

自分でもらしくないのはわかっている。

でも、初めて本気で人を好きになって……相手に嫌われる事の恐怖も知ってしまった。

だからこそどんな結果になっても前に進まなくてはと思うのに、初めの一歩が踏み出せず尻込みしてしまう。

「迷惑なんて今更でしょう。普通、あそこまでしつこく通い詰めた時点で相手にとっては大迷惑ですよ」

「そ、そんなぁ……」

元も子もない返答が返ってきた。

……でも、そっか。

確かに言われてみれば今更だ。

彼が迷惑しているなんて百も承知。

それでも彼との繋がりを保ち続ける為に通い詰めたのだ。

今更それが何度か増えたところで、きっと大きな違いはないだろう。

大体、本当に迷惑で来てほしくないと拒絶するならば、あんな中途半端な言い方じゃなくてもっとはっきりしっかりと原因を告げてほしい。

それをタジーク様はしなかったのだから、それを聞き出してその上で本当にダメかどうかを判断できるようになるまでは粘っても良いかもしれない。

それに……チラッと視線を向けると、今は無言で穏やかな笑みを浮かべて私達を見守ってくれているジャルトさん。

彼は、タジーク様は本心では私を信じる事を望んでいると言っていた。

きっとそれはあのへそ曲がりなタジーク様自身の言葉ではないだろう。

けれど、タジーク様を長い間見守り続けてきたジャルトさんの見立てだ。少しはあてにしても良いと思う。

私はジャルトさんの目を見た後、ギュッと手を握りしめ気合を入れて立ち上がった。

「帰ろう、ミモリー。……そしてまた来よう。タジーク様が話してくれるまで何度でも」

「はい、お嬢様」

ニッコリと飛び切りの笑顔で頷いてくれたミモリーに、泣き過ぎて腫れぼったくなった目で頑張って笑みを返す。

一先ず帰ったらこの顔を何とかしないといけない。

こんな不細工な顔のままタジーク様に会ったら、今度は別の理由で嫌われてしまう。

「ジャルトさん、『またね』」

「ええ、『また』」

私は笑顔で手を振ってタジーク様の屋敷を後にする。

門へと続く道の途中、振り返ったお屋敷。

そのタジーク様の部屋付近にある窓のカーテンはぴっちりと閉められていた。

けれど、私が振り返ったほんの一瞬だけ揺れたように見えたのはきっと気のせいじゃない。

……私はそう信じている。

＊＊＊

タジーク様に別れを告げられた翌日から、また私の一方的なタジーク様の部屋通いが始まった。

あれだけのやり取りがあった後だ。

本当は少し冷却期間を置いた方が良いかもしれないと思いはしたのだけれど、反対に間を空ければ空けるほど行きにくくなるような気がして、結局翌日からまた通い始める事にした。

ガーディナー家の使用人達は以前のような親し気な関わりは持ってくれなかったけれど、距離は置きつつも応援してくれているようだった。

具体的には、タジーク様が私を追い出そうと使用人を呼んだ時にわざと急がず歩いて部屋まで来たり、目が合った時に小さく頷いてくれたりとかそういう感じだ。

きっとそれが彼等にとって、主人の命に従いつつも出来る精一杯の事なのだと思う。

そして肝心のタジーク様は……。

「タジーク様、話し合いましょう！　きっと誤解があると思うんです。話せばわかるはずです‼」

「……」

あの日以降、綺麗に私の声掛けを無視して下さっている。

私が屋敷にいる時は、一歩も部屋から出ず、私が変な事をしても沈黙を保っている。

本当は部屋には誰もいないんじゃないかなと疑いたくなるぐらいだけど、ジャルトさんやバーニヤさん曰くちゃんと部屋にいるらしい。

それに私のいない時なら、普通に部屋から出てくるそうだ。

これは前より強固に避けられているという事で間違いない。

「あ〜もう！　いい加減、引きこもってないでちゃんと話をしてよ‼」

姿を見るどころか声を聞く事すら出来ない日々が続き、徐々に私の苛立ちも溜まっていく。

いっそのこと、タジーク様の部屋の扉を斧か何かでこじ開けて引きずり出してやろうかと思った事もたびたびある。

けれど、その度にミモリーに「それをやったら屋敷に出入り禁止になるから」と止められて我慢している。

だって、屋敷に来る以外、引きこもりのタジーク様にお会いする方法はないもの。

「……お願いします、タジーク様。私、貴方《あなた》の事を知って貴方の事がもっと好きになってしまったんです。こんな事じゃ……こんな形じゃ、どうしても諦められないんです」

大声で文句を言っても返答どころか物音すら返って来ない状態が辛《つら》くて……切なくて、つい涙声で閉ざされたままの扉に縋ってしまう。

コツンッと額を扉に当てて、少しでも彼の存在を感じようと耳を澄ましてみるけれど、何も聞こえない。

つい目尻に浮かんでしまった涙を零さないようにキュッと唇を引き締め、無理矢理笑みを浮かべる。

「……また来ます。何度でも何度でも来ますから」

暫く返答を待ってみたけれど、やはり沈黙しか返って来ない。

「帰ろう。ミモリー」

「はい、お嬢様」

ずっとこうしているわけにもいかないから、今日のところは諦めて撤退する。

帰る為に廊下を振り返ると、少し離れた所から私達のその様子を見守るようにバーニヤさんが立っていた。

「お茶もお出し出来ず、申し訳ありません」

私を見送りに来てくれたバーニヤさんが、眉尻を下げて心底申し訳なさそうに頭を下げる。

ちなみに、前は私が行く度に誰かしらお茶を淹れてくれていたのが、今はタジーク様に「あれは客じゃないから茶など出すな」と命じられたせいで、何も出してもらえなくなっている。

まぁ、タジーク様の言う事はもっともなので私も気にしていない。

ただ、バーニヤさんを含む数人のメイドさんはその事を気にしてくれているようだ。

本当にガーディナー家の人達は皆優しくていい人ばかり。大好きだ。

「振られたのに、無理に押しかけているのは私の方なので気にしないで下さい。こうして屋敷の中まで入れて下さっているだけで感謝の気持ちしかありません」

本当は、主人が拒否をしている客人を屋敷の中に入れる事自体、使用人としてやってはいけない行為だと思う。

けれど、彼らは私が貴族令嬢である事を理由に、「主人に確認を取るまでは追い返せない」と理由を付けて屋敷に入れてくれている。

そして、彼らがタジーク様に確認を取りに行く時に、私が後ろからついて行っているのに『うっかり気付かなかった』事にして、短時間ではあるがタジーク様の部屋の前まで行けるようにしてくれているのだ。

タジーク様ももちろん使用人達のそんな行動に半ば呆れつつも、自分が会わなければ良いだけの話と黙認してくれているらしい。

何だかんだ言って、やっぱり優しい主従なのだ。

「坊ちゃまも、コリンナ様の事は気にはしていると思うのですが……コリンナ様が盛大に坊ちゃまのトラウマを踏んでしまったせいで、臆病になっているようなのです。……あら、いけない。私ったら」

何度か通い詰めて、それでも進展がなくてやきもきしている私を見て、同情心が強くなったのか、バーニヤさんが「ついうっかり」といった感じでわざとらしく口に手を当てる。

「え？　今のって……」

「あら？　私、何か言いましたでしょうか？」

思わず食いついて質問しようとした私を牽制するように、バーニヤさんが頬に手を当ててニッコリと微笑む。

どうやら彼女がヒントをくれるのはここまでのようだ。

でもそうか。私がカルミア様と話す事で、タジーク様の中にある何らかのトラウマを引きずり出してしまったからこそのあの反応なのか。

肝心のトラウマの内容がわからない以上、このヒントを上手く生かす手立ては今のところない。

しかし、単純に私が自分の嫌いな相手と話をしていたから怒っているというだけの話ではないとわかったのは収穫だ。

「バーニヤさん、有難う」

「何の事でしょうか？　最近年のせいか物忘れが酷くて……。でも大事な坊ちゃまを傷つける事だけは惚《ぼ》けていても許せないので、その点だけはよろしくお願いしますね」

ニッコリと笑うバーニヤさんが最後に釘を刺してきた。

私はそれにしっかりと強く頷く。

きっと彼女の中の優先順位ではあくまでタジーク様がトップで、私はタジーク様にとって良い影響を与える可能性もある存在だと認識されているお陰で、時々手助けをしてくれているのだろう。

彼女が全面的に私の味方になってくれたら物凄く助かりはするけれど、決してそうならない相手だからタジーク様は彼女を傍に置くし、私も彼女の事が好きなんだと思う。

「それにしても、トラウマか。思っていたよりもずっと根は深そうだし、時間が掛かりそうね」

お兄様の家に帰る馬車の中、溜息交じりに呟く。

何て厄介な人を好きになってしまったんだろうと思うけれど、それでもやっぱり諦める事は出来そうになかった。

「お嬢様は元々覚悟の上だったのでしょう?」

まるで当然といった口調で尋ねてくるミモリーに苦笑する。

「そうね。そうだったわ。私の初恋はそんなに簡単に終わるようなぬるいものじゃないのよ!」

「程々に頑張って下さい」

私がやる気を見せると途端に気のない返事をしてくるミモリー。

タジーク様にバーニヤさんがいるように、私にはミモリーがいる。

ちょっと怖い時や冷たい時もあるけれど、最後の最後には絶対に味方になってくれるってわかっているから、だから私は一人じゃないって思える。

挫《くじ》けそうになっても頑張ろうって思える。

「ミモリー、いつも有難う」

「お礼なら旦那様に昇給を願い出て下されば良いですよ?」

「……ミモリー」

ニヤリッと笑う彼女の言葉。

少しだけ耳が赤くなっているあたり、きっとこれは照れ隠しなんだろうなって思う。

「大好きよ、ミモリー」

「鬱陶しいです、お嬢様」

抱きつく私を押し返す侍女の姿に、本当に照れ隠しだったのか少し不安になるけれど、それでも私が彼女の事を大好きなのも頼りにしているのも変わらないから、「まぁいっか」と思った。

9　答えは向こうからやって来ました

「どうすれば良いのかしら」

タジーク様との関係は一向に回復しない。

というか、会う事すら出来ないのだから、回復のしようがない。

何とか気丈に振る舞おうと頑張っているけれど、日を重ねるごとに憂鬱になってくる。

「お嬢様、朝食が冷めてしまいます。さっさと召し上がって下さい」

こんな気分の重い日でも、私の侍女は容赦ない。

ツンツンとフォークで突《つつ》いているだけで全く減っていなかった食事を、エネルギーを付ける為にと思って頑張って口に運ぶ。

私のその様子に満足したのか、ミモリーは一度小さく頷いた後、私の世話を焼いたりお皿を洗ったりとテキパキと仕事を熟《こな》していく。

「何かいい方法はないかしら」

正直八方塞がりの状態だ。

必死で頭を回転させても、既に思いつく限りの事はし終えてしまって、これ以上の案が出てこない。

昨日はミモリーにも何かいい案がないかと尋ねたけれど、一言「ない」と答えられてしまい、その後の会話は広がらなかった。

「また、お兄様の所にでも行ってこようかしら」

お兄様に相談したところで、良い案を持っている可能性は低い。

期待できるとしたら、私の知らないタジーク様情報を持っている可能性がある事ぐらいだろう。

けれど、最近上手くいかない事が多過ぎて、少々煮詰まってきているのは確かだ。

それなら、気分転換にお兄様の所に行ってくるのは良いかもしれない。

何より、こんな時に私が躊躇わずに甘えられるのは、今の王都ではお兄様かミモリーくらいなのだ。

「ねぇ、ミモリー?」

「またですか?」

呼び掛けただけで、私が何を頼みたいのかすぐに察してくれたらしい。

物凄く面倒くさそうな顔をしているけれど、最近の私の落ち込み具合を知っている彼女は、渋々ながらも引き受けてくれた。

「お兄様にも迷惑掛けっぱなしね」

相変わらず家になかなか帰ってこられない様子のお兄様。

職場に行くのは気が引けるけれど、こうも会えない日が続くとある程度は仕方のない事のように思えてくる。

「ついでに着替えも持って行けば、きっと迷惑どころか感謝されますよ」

そう言って、洗濯し畳み終えたばかりらしい着替えの山をミモリーが指差す。

どうやら、また私が寝ている間に慌ただしく洗濯物を置いて着替えを持って行ったようだ。

王都の騎士様のお仕事というのはこうもせわしないものなのか。

今はミモリーがいて洗濯等も全てやってくれているからいいけれど、いなかった頃は一体どんな生活を送っていたのだろうか？　ちょっと想像するのが怖い。

「そう。なら折角だし着替え以外にも必要そうな物を差し入れしましょう」

お兄様は今日は昼間の勤務らしいから、お昼休みもあまり長くは取れないだろう。

お昼を一緒に食べる事は出来ないかもしれないけれど、色々と差し入れをして少しでも嬉しそうな顔を見る事が出来れば、私の気分も少しは上昇する気がする。

「そうと決まれば、さっさとお弁当を用意して、少し町をブラブラして差し入れになりそうな物を買いながら王宮に向かいましょう」

そうなると午前中はタジーク様の所には行けないから、午後に様子を見に伺えば良い。

どうせ彼は一日中部屋に引きこもっていて出てこないのだ。

時間を気にする必要もあまりない。

だって、彼の場合気にする予定自体がほぼ皆無なのだから。

「……はぁ。こういうのも現実逃避というのかしら？」

小さく溜息を吐いて窓から見える青空を見つめる。

目の前の解決しない問題ゆえに、心が元気をなくして違う事を考えたり気分転換を求めたりしているのだという自覚はある。

あるけれど、このままだとただ気分が暗くなってしまうだけなのだから、それも悪くないのではないかと思う。

「まぁ、こうなったらもうなるようにしかならないだろうしね」

もちろん、ギリギリ限界まで頑張るつもりではあるけれど、縁談も恋愛も相手があっての事だ。

私だけの一方的な頑張りだけでは限界が来る事だってわかっている。

そこまでいったらもう……。

「あ~もう！　やめやめ！　暗い考え禁止!!」

頭の中でどんどんと湧き出てくる暗い考えを打ち消すように首を振る。

「禁止と言いましても今暗い考えをなさっているのはお嬢様だけですよ」

急に叫び首を振り始めた私に、ミモリーが呆れ顔を浮かべる。

「もう。わかっているわよ」

不貞腐れつつ、さっさと食事を終えお兄様の所へ行く準備をミモリーと始めた。

＊　＊　＊

「お兄様、喜んでくれて良かったわね」

「そうですね」

お兄様に着替えと差し入れを無事に渡し終えた私達は、騎士団施設を後にし、王宮の出口へと向かっていく。

お兄様は予想していた通り今日は忙しいらしく、一緒に昼食を食べる事は出来なかったし相談事をしている暇もなかったけれど、久しぶりにしっかりと顔を見られて良かった。

私の顔を見て開口一番に「元気がないけど、どうしたの？」と言われた事には驚いたけれど、「さすが家族だなぁ」と思ったら何だか擽《くすぐ》ったいような温かいようなそんな気持ちになった。

「問題は何も解決していないけれど、お兄様の顔を見たら元気が湧いてきてもう少し頑張れそうな気がしてきたわ」

この後、何処かでミモリーと食事をしてまたタジーク様のお宅に伺うつもりだ。

きっとまた無視をされるのだろうけれど、今日は何だか頑張れそうな気がする。

「あら？　貴女……」

ここ最近にしては珍しく良い気持ちで歩いていたら、不意に背後から声を掛けられた。

ちょっと待って。この声ってもしかして……。

恐る恐る振り返ると、そこには少し驚いた様子で目を見開いたカルミア様が立っていた。

正直に言おう。

この時私は心の中で、お化けにでも出くわしたような気分で「出たぁぁぁ‼」と叫んでいた。

もちろん、貴族が行き交う王宮で、淑女がそんな醜態を晒すわけにはいかないから、必死で笑みを顔に貼り付けて耐えたけれど。

「まぁ、偶然ね。確か……コリンナ様だったかしら？」

「ええ、そうです。先日は素敵なお話を有難うございました、カルミア様」

今まで隣に立って、私の話し相手をしてくれていたミモリーが一歩下がり、侍女の立ち位置に戻る。

こうなってしまっては、ただの一使用人でしかないミモリーに助けを求める事は出来ない。

これはあくまで貴族同士の会話という事になるのだから。

心なしか緊張しつつも、何とか頬を引き攣らせないように心掛けて笑みを保つ。

「いえ、こちらこそタジーク様の最近の様子をお伺い出来て良かったわ」

少し切なそうな笑みを浮かべるカルミア様。

この様子からだと、タジーク様と彼女の間で何があったのか、全く想像が付かない。

だって、今の彼女を見ただけだと、タジーク様との行き違いで仲違いしてしまった事を悲しんでいるようにしか見えないのだから。

……どうしよう。

私と彼女が話していたところを見たというだけで、あれだけ激怒していたタジーク様の事を考えるなら、少しでも早く彼女から離れるべきだろう。

でも、ある意味これは今の膠着《こうちゃく》状態を打開する手掛かりを得られるチャンスかもしれないのだ。

どうするのが正解なのか……。

「……ねぇ、コリンナ様、タジーク様と何かありましたの？」

「え？」

どう対応すべきか頭の中でグルグルと考え込んでいると、まるで先制攻撃でもするかのようにカルミア様の方から尋ねられてしまった。

「いえ、その……ちょっと……」

何と答えて良いのかわからず言葉を濁すと、カルミア様が心配そうな顔をされる。

「前にお会いした時よりも表情が暗くて硬いわ。……もしかして、私と会っていた事、タジーク様に知られて何か言われた……とか？」

「っ！」

思わず息を呑んでしまう。

それが彼女にとってはもう答えとなっていた。

あぁ、やってしまった。何故彼女はこんなに勘が良いのだろうか？

いや、以前タジーク様にも、私は思っている事が顔にそのまま出ていると言われた事がある。

そう考えると、彼女の勘が良いのではなくて、私がわかりやす過ぎるという事なのかもしれない。

「……やっぱりそうだったのね」

どう返答して良いかわからず視線を泳がせている私を見て、カルミア様が真剣な顔つきで思案する。

「あ、あの、カルミア様？」

急に無言になり考え込んでしまった彼女を放って帰るわけにもいかず、恐る恐る声を掛けると、彼女は意を決したように小さく頷き私を見据えた。

「大体の事情はわかりましたわ。ねぇ、コリンナ様。この後少しお時間を頂けません？　……ここでは少々話しにくい事なのですけれど、コリンナ様には知っておいていただいた方が良い話がありますの」

そっと両手で手を握られる。

ギュッと握られた手と、その真剣な表情に、これは断れないやつだと理解した。

それに、本音を言えば私もタジーク様とカルミア様の間で何があったのか知りたい。

そうすれば、私にもトラウマの中で苦しんでいるタジーク様の力になれる事が見つけられるかもしれない。

もちろん、先日彼女と話した事を知った時のタジーク様の様子を見れば、今から話を聞く事に不安を感じざるを得ないけれど……でもこのままの状態では、ずっと何も変わらずに停滞の状態が続くだけだ。

それならイチかバチかで打って出るのも手なのかもしれない。

でも……

「ねぇ、ミモリー。タジーク様に私がカルミア様とお話しに行ったと伝えてくれる？」

私の斜め後ろで『やめた方が良い』と小さく首を振るミモリーにお使いを頼む。

これからする事で、タジーク様を余計に怒らせてしまうかもしれないけれど、だからと言ってそれを黙ったままにしておくのは、きっと彼にとって裏切り行為そのものとなるだろう。

ならば、怒られるのを覚悟で正直に伝えた方がいい。

それこそ、他の誰かから伝えられたりする前に私自ら事前に伝えておいた方が。

「……しかし、コリンナお嬢様」

先日のタジーク様の剣幕を知っているミモリーは不安そうな様子で、私に考え直すように訴えてくる。

「大丈夫よ。それで怒らせてしまったら……覚悟を決めるわ」

いつまでも何も知らないまま縋り続けている状態が良いとは思えない。

折角、カルミア様が話を聞かせて下さるというのならば、きっとここが賭けに出るべきところなのだろう。

「わかりました。お嬢様がそれほどお心を固めているのならもう止めはしません。けれど、それならば私も一緒にお連れ下さい。……お嬢様をお一人で行かせるわけにはいきません」

キュッと唇を引き結んで私を見てくるミモリー。

まるでここは譲れないとでもいうかのような強い視線だけど……それではタジーク様に言付けを頼める相手がいなくて困ってしまう。

「ごめんね、ミモリー。やっぱり先にタジーク様の所に行って伝えておいてほしいの。カルミア様のお話を聞くって覚悟は決めたけれど、それでもやっぱり前回の時のように話をした事が後からバれるような事は避けたいから」

「し、しかし！」

「お願いよ、ミモリー。伝言をし終えたらすぐにこちらに来てくれれば良いから」

カルミア様に了承を取るように視線を向けると、彼女は朗らかな笑みを浮かべてすぐに頷き、少し離れた場所に待機していた使用人を呼び寄せ、手早くご自分の住所をメモした紙を渡して下さった。

「ここからだと少し遠いかもしれないけれど、終わったらいらっしゃったら良いわ。あぁ、そうね……」

何かを思い出したかのような仕草を見せると、彼女は手にした小さな貴婦人用のバッグから一通の手紙を取り出した。

「これはいつかチャンスがあったらタジーク様にお渡ししようと思って書いたきり、ずっと渡せずに持ち続けていた手紙なの。もし良かったら、コリンナ様の伝言と一緒にこれも渡していただけないかしら？」

しっかりと封蠟がしてある手紙をミモリーに差し出す。

まだ納得していない様子のミモリーだけれど、私が譲る気がない事に気付くと素早く手紙と住所が書いてある紙を手に取り、「すぐに追いかけます」と言い残して立ち去って行った。

「さぁ、私達も行きましょう」

ニッコリと微笑むカルミア様。

「ええ、よろしくお願いいたします」

そうして彼女が用意した馬車に一緒に乗り込み、目的の屋敷へと向かう。

さて、この行動が吉と出るか凶と出るか……。

そしてタジーク様が私の行動をどのように捉えて下さるか……。

不安要素は山積みだけれど、それでもこれで何かが変わってくれる事を祈ってカルミア様の話をしっかりと受け止めよう。

そんな事を考えながら馬車の窓から外を見ていた私は、背後から不意にハンカチを口元に押し付けられた。

「っ⁉」

それと同時に甘ったるいようでいてツンと鼻を刺激するような、薬特有の香りが鼻を衝《つ》く。

驚いて振り返ろうとすると、視界の端にカルミア様のニッコリと笑った顔が見える。

「フフフ……。やっぱり田舎貴族は警戒心が薄くて楽でいいわね」

そんな囁きを最後に、私の意識は薄れ闇へと落ちて行った。

幕間　コリンナ嬢という存在

「……お願いします、タジーク様。私、貴方の事を知って貴方の事がもっと好きになってしまったんです。こんな事じゃ……こんな形じゃ、どうしても諦められないんです」

扉の向こうから、まるで今にも泣き出しそうな縋る声が聞こえ、思わず顔を上げさっきから一向にページが進まない本からそちらへと視線を移す。

扉越しでは当然コリンナ嬢の姿など見えはしない。

けれど、彼女がいつものあの天真爛漫な明るい笑顔を曇らせている事は容易に想像がついた。

何か失敗をして落ち込んだり元気をなくしている彼女を見ると、無性に放っておけない気持ちになって、彼女の言動を許したり、柄にもなく慰めたりするようになったのはいつからだろうか？

いつだったたか、彼女を慰める為に触れた頭の感触を思い出し、自分の手を見つめる。

……シクッ。

胸の奥深い所で、小さな痛みを感じる。

「……また来ます。何度でも何度でも来ますから」

遠ざかっていく足音に耳を澄ます。

いつもの貴族令嬢とはとても思えない元気な足音が、今は『とぼとぼ』という表現がよく似合うしょぼくれたものになっている。

それを聞いていると居ても立ってても居られない気分になるのに、俺の体はまるでソファーに雁字《がんじ》搦《がら》めにされたかのように動かない。

「やっと帰ったか」

何と表現すれば良いのかわからない、苛立ちにも似たモヤモヤした感情が胸の中で渦巻いているのを感じる。

その発生源である彼女が立ち去った事にホッとしているはずなのに、それだけでは済まない別の感情が心の奥底に残っている。

「もう、勘弁してくれ……」

胸に溜まった重く淀んだものを吐き出すように深い溜息を吐いた。

けれど、やはりすっきりとした気分にはなれない。

彼女から向けられる好意はいつも一直線で、鬱陶しい。

静かで平穏だったこの閉ざされた生活を外から叩き壊そうとする破壊者。

それが俺にとっての彼女だった。

外敵だと思っていた。

彼女の純粋で真っ直ぐで、何処か抜けた所がある言動は、悪意を一切感じさせはしないけれど、
俺に予期せぬ打撃を与える。

折角安定してきた俺の日常を、折角作り上げたこの要塞を揺るがすその存在を少しでも早く遠ざけようと思った。

それなのに、彼女は何度無視しても突っぱねても挫ける事なく俺の要塞に攻め入り、気付けばいつの間にかその一角に巣を張っていた。

それに気付かされたのは、彼女が俺にとっての『本当の敵』である可能性に気付かされた時だった。

「もう、引っ掻き回さないでくれ」

多くを望んだわけではない。

安全な場所も、信頼できる人間も、手に入れるべきものも、守りたいと思えるものすら、必要最低限で良かった。

明るい未来なんて望む事すらない。

ただ一つの目的を達成し、現状の維持さえ出来ればそれで良かった。

本当にそれで良かったんだ。

……だって、何かを求めるその先には必ず絶望が待っているのだから。

「……まさか、裏表なんて微塵も感じさせなかった彼女があの女と通じているなんてな」

いくら読んでも頭に内容が入ってこない本を閉じ、ソファーに寝転がる。

閉じた目を覆うように腕を乗せれば、暗くなった視界にあの日の光景が思い浮かんだ。

……あの、絶望の光景が。

＊＊＊

その日、俺は久しぶりに仕事で王城へ出向く事になっていた。

いくら名誉騎士団なんて呼ばれている第六騎士団でも、それなりに仕事は割り振られる。

というか、第六騎士団だからこそ任される仕事というのも一定量あるのだ。

登城しなくても出来る仕事が主で、比較的自由にはやらせてもらっているが、所々で報告に行かなくてはならないし、騎士団長なんて役職に就いている以上、直接部下からの報告を受けて指示を出さなくてはいけない事もある。

そのため、渋々ではあるが、定期的に騎士団に出向き、そこでなくては出来ない仕事を一気に片付ける日を作っているのだ。

部下達もそれに合わせて騎士団に出てくるため、その日はほぼ丸一日騎士団内にある第六騎士団長用の執務室で過ごす事になる。

「ボス、ボス～。酷いと思いませんか？　彼女ったら最近本当におねだりが多くて。そりゃあ、確かに俺に貢いでもくれますけどね。でも、あれしてこれしてってあんまり言われると、のんびり過ごしたい俺としては面倒になるっていうかぁ」

第六騎士団の制服である紫の騎士服を着崩した赤毛の部下が気だるそうに、前髪をかき上げながらブツブツと文句を言ってくる。

「順調なヒモ生活が送れているようで何よりだな。愛想を尽かされないように頑張る事だ」

「おっ、珍しく『あぁ』とか『そうか』とかじゃないちゃんとした文章での返事だ。さては、団長にも春が来たっていうあの噂、実は本当だったんすね？」

ニヤリッと質《たち》の悪い笑みを浮かべて俺を見てくる部下をジロリッと睨む。

俺の冷ややかな視線を受け、部下は軽く肩を竦ませた。

俺自身もろくでもないが、この男もろくでもない。

まさに、第六騎士団という感じだ。

「無駄口を叩いて揉める前には報告しろ」

「へいへい。そうしたらお優しいボスが助けてくれるってわけですね」

「引導渡してやる」

苛立ちを込めてギッと睨むと、部下は「その時が楽しみだ」と楽しげに笑った。

この男とはこうしてたまに顔を合わせるが、本当に摑みどころのない奴だ。

「俺は早く仕事を終えて引きこもりたい。用が済んだら帰れ」

まだ色々と余計なお喋りを始めそうな部下に対して、退室を命ずる。

部下は俺に背を向けてヒラヒラと手を振って部屋から出て行った。

「……春が来た……か」

頭に思い浮かぶのは、最近我が家に日参してくる女性の顔だ。

縁談など受ける気は全くないが、こうも毎日顔を出されると『春が来た』と言われて思い浮かぶくらいには意識せざるを得ない。

悪い娘ではないと思う。

どちらかと言えば、あの底無しに前向きで素直なところは好感が持てるくらいだ。

貴族社会ではどうしても体面やプライドが邪魔をして、素直な感情を表に出したり失敗をしても謝らない者が多い。

それに対して、彼女は自分が悪いと思えば即座に謝り、すぐに態度を改めようとする。

いくら邪険にしても、諦める事なく俺に体当たりで好意を伝えてくるあの根性にもある種の尊敬を覚える。

決して物事をそつなく熟《こな》すタイプではないだろう。

でも、だからこそ頑張る彼女につい目が行ってしまうし、この女性なら裏でこそこそと悪事を企むような事はないだろうという安心感を覚えるのだと思う。

しかし、だからと言って俺に彼女を受け入れる気はない。

彼女が俺の何処を見て好意を寄せてくれたのかはわからないが、客観的に見れば俺は夫には適していない相手だと言える。

家柄はそれなりだが、ずっと家に引きこもっており、社交界にもほとんど参加していないどころか、仕事にすらほとんど出てきていない状態だ。

個人的な外出など、先日彼女にねだられて行ったのが数年ぶりだった。

そんな男と一緒にいても良い事なんて何もないだろう。

それ以前に、俺は信頼の出来る限られた相手だけに囲まれた静かな生活が好きなのだ。

彼女に限らず、誰かと結婚や家族を作るという事をしたいとはあまり思っていない。

でもまぁ、彼女だったら……信頼の出来る友人くらいにはなっても良いかもしれないが。

「……毒されているな」

自分の頭に不意に浮かんだ考えに一人苦笑する。

一日も早く彼女に諦めさせる事ばかり考えていたはずが、いつの間にか『友人くらいならいいか』と考えるようになってしまっている。

毎日通い続けられた事で、彼女が我が家に来る事が当たり前になり、彼女との繋がりを持つ事へのハードルが下がっていたらしい。

よく考えれば、今日家を留守にする事も、別に彼女に伝える必要はなかった。

それなのに、当たり前のように『留守にするため今日は来ないように』と伝えていた自分に気付く。

「まぁ、一応相手も貴族令嬢だからな」

だから、こちらの予定を伝えないのは良くないいんだと自分自身に言い訳する。

「あぁ、もうこんな時間か」

不意に時計を見ると、もう昼休憩時間もかなり前に過ぎていた。

今までは自宅に籠りっぱなしで、生活リズムが定まっていなかったが、ここ最近はいつも朝には彼女が俺の部屋に来て扉越しに叩き起こすため、いつの間にか規則正しい生活を送るはめになっていた。

その影響なのか、いつもは昼食の時間など気にしないのに、今日は妙に空腹を感じる。

「何か食べてくるか」

騎士用の食堂は俺の事を知っている人間が多い。

貴族も多いため、顔を合わせると変な顔をされたり、噂話をされたりする事も多い。

「面倒だが、着替えて外で何かを買ってくるか」

移動する面倒と人目に晒される面倒を比べて、前者を取る事にした。

先日、コリンナ嬢と一緒に外に出掛けた際、久々に店を見たら意外と美味《うま》そうだと感じるものが売られている事に気付いた。

彼女と歩いた場所からは少し離れているが、王城の周りもそれなりに栄えている。

きっと少し見て歩けば食べたいと思えるものにも出会えるだろう。

そんな気持ちで昼休憩がてら食料を買いに出掛けた帰り道。

俺は偶然にも見てしまった。

……コリンナ嬢とあの女が楽しげに話しているところを。

「まさか……」

足元がガラガラと崩れ落ちていくような感覚を覚える。

無邪気に笑う彼女とあの女の存在が、周囲には普通に見えても、俺にはとてもミスマッチに思えた。

でも、そう感じること自体、実は俺がコリンナ嬢に上手いこと騙されていた証拠のように感じて、沸々とわき上がる怒りの感情で目の前が真っ暗になった。


……『また』裏切られた。


そう思った瞬間に、心がスーッと冷えていくのを感じる。

同時に、いつの間にか彼女の事を見ている時に、俺の中に温もりとして感じられるだけの熱が宿っていたのだという事を痛感した。

だってそうだろう？

初めから冷えきった感情しか持っていなければ、冷えていく感覚など感じるはずがないんだから。

現に彼女の前で朗らかに笑うあの女の顔を見ても俺は何も感じない。

いや、以前から感じていた怒りや憎しみが刺激され活性化する感覚はあるが、それはあくまで元々俺の中に存在していた感情だ。新しく生まれたものでも、変化して生じたものでもない。

「……コリンナ嬢、君もなのか？」

無邪気で真っ直ぐに向けられていた純粋な好意だと思っていたものが急に色を変える。

頭の中の冷静な部分が「今のこの状況だけじゃわからない」と告げているのに、一度感じてしまった疑念は消える事なく、より濃く濁った醜いものへと色を変えていく。

彼女の事を信じかけていた。

いや、無意識で既に信頼していたのだと思う。

だからこそ、その見つけてしまった疑念から目を逸らすことが出来ず、そこにその疑念があるという事実が許せなかった。

調べようと思ったら調べられるだろう。

だが、調べる必要はないのかもしれない。

どっちにしても突き放す予定だった女性だ。

今まで許容していた事を全てやめればいい。

少しでも疑いが湧いた時点で、全て捨ててしまえばいい。

俺と彼女の関係なんて所詮はそんなものだ。

俺はまだ彼女を信用してはいない。

俺はまだ彼女を受け入れてはいない。

俺はまだ彼女に心を許してなんかいないのだから。

だから大丈夫だ。

俺が……傷つく事なんて何もない。

「……家に帰ったら清算の準備をしよう」

表情が抜け落ちた顔で呟いた声は、自分でも驚くほど冷たかった。

＊　＊　＊

朝、目が覚めて違和感を覚えた。

カーテンの隙間から入り込んでくる光が妙に明るい。

「……もう昼近くなのか？」

いつもだったら、いくら寝坊していたとしても、コリンナ嬢が俺の部屋の扉をノックする音で目覚めているはずの時間。

それなのに、今日は妙に静かだ。

「……やっと諦めたか」

何度来ても俺がもう彼女に心を許す事など有り得ない。

有り得ない……はずなのに、突き放した後も続いたノックの音と彼女の必死な呼び声が耳に沁みついて抜けない。

どうでも良い相手が危険な相手である可能性に気付いて切り捨てただけ。

何も困る事なんてないはずなのに、何故か胸の奥を冷たい風が通り過ぎていくような感覚を覚える。

……寒い。

気温的には寒くないはずなのに、つい羽織っていた掛物を肩まで引き上げる。

……コンコン。

コリンナ嬢のノックの音とは似ても似つかない静かな音が室内に響き渡る。

長い付き合いのせいで、このノックの音がバーニヤのものだという事はすぐにわかった。

妙に気だるくて起きる気力などわかないけれど、太陽の光の感じからしてさすがにもう起きないといけない時間だ。

「入れ」

渋々ベッドの上で上体を起こす。

「失礼いたします」

キィという小さな音を立て扉を開いて入って来たのは、やはり思っていた通りバーニヤだった。

「坊っちゃま、いくらコリンナお嬢様がいらっしゃらないからと言って寝坊のし過ぎです。いい加減、起きて下さい」

腰に手を当て、眉を吊り上げるバーニヤ。

俺は遅くまで部屋で仕事をしたり本を読んだりしている事がある為、基本的には朝は起こさないように言いつけてある。

まれに仕事等で出掛ける時だけ起こすように言えば良いのだから、その方が楽なのだ。

だから、こんな風に寝坊して昼近くまで起きてこない時以外は、自主的にバーニヤ達が起こしに来る事はない。

「……彼女も遂に諦めたか？」

バーニヤのお小言の中で告げられたコリンナ嬢の名に反応して、つい聞き返してしまう。

けれど、すぐに後悔した。

「そんな事はないと思いますけれど……坊ちゃまは本当にそれでよろしいのですか？」

バーニヤはどうもコリンナ嬢の肩を持つ傾向がある。

俺がいくら彼女があの女に会っていた事、危険な存在である可能性を示しても「何か事情があるのでは？」と反対に俺を諭そうとしてくる。

バーニヤの言葉を聞く度に、胸の奥深くの柔らかい所を引っ掻かれるような感覚に襲われ、最近では彼女の前ではコリンナ嬢の話題は避けるようにしていた。

もちろん、バーニヤの方から今日みたいに振ってきた時も聞き流し、一切反応しなかった。

「良いも悪いも彼女はあの女の仲間だぞ？」

「それだってまだわからないじゃないですか。もっとしっかり調べてから判断しても遅くはないでしょう？」

「いちいち調べる必要なんてないだろう？　元々彼女とは関わりを持つつもりなどなかったのだから」

ベッドに近付き、顔を洗う為の水やタオルを準備したり、寝覚めのお茶を淹れる用意を手早くしつつも色々と言ってくるバーニヤについムッとしてしまう。

「……坊ちゃま、本当は調べてコリンナお嬢様が本当に坊ちゃまを騙していたのかどうか知るのが怖いのでしょう？」

呆れ顔で俺を見下ろしてくるバーニヤ。

その言葉に、まるで図星を指されてしまった時のような妙な焦りを感じる。

「なっ！　そんなわけはないだろう⁉　コリンナ嬢の事なんてどうでも良い」

口にした言葉は自分でも呆れるぐらいに嘘《うそ》っぽい。

本心から言っているはずなのに、焦りのせいで口調が怪しくなってしまったのが要因だろう。

「本当はどうでも良いなんて思っていないくせに。坊ちゃまの世話を長年してきた私にはわかりますよ。本当は気になって気になって仕方ないのに、真実を知るのが怖くて突き放す事で逃げたのでしょう？」

「違う」

「嘘を仰い。坊ちゃまも本当はわかっているはずです。コリンナお嬢様が坊ちゃまを騙すような方ではない事を」

「だが、彼女はあの女と会っていた」

「会っていたからと言って、コリンナお嬢様があの女の仲間とは限りませんでしょう？」

「楽しそうに談笑をしていた」

「貴族のお嬢様なのだから、貴族の夫人に話し掛けられれば、たとえ相手の事が嫌いでも表面を取り繕って楽しそうに会話する事くらいありますよ」

「そもそも俺があれだけ無視をしているのに、何度も懲りずに押し掛けてくるのは怪しいだろう？　何か目的があるのかもしれない」

「それくらい積極的に関わらないと坊ちゃまに話を聞いてもらえないと判断しているからでしょう。

私には純粋に坊ちゃまへの好意だけで動いているよう見えますがね」

「それはお前が彼女に対して甘いだけで……」

溜息を吐きながら言葉を重ねてくるバーニヤ。

その視線が、「本当はわかっているのだろう？」と何度も尋ねかけているようで、居心地が悪い。

俺だって、彼女はそんな事が出来るような女性ではないという気がしている。

少なくとも、あの女と会っているのを見るまではそうだと信じていた……気がする。

でも……。

脳裏に浮かぶのはやはり、あの女と一緒に笑って話していた時の彼女の姿。

一度信じていた者に裏切られた経験がある俺には、自分の感覚で相手の事を推し量る事への不安がある。

今までの彼女の様子を想い起こせば、「あんなに真っ直ぐに俺に好意を伝えてくれているのだから……」と信じてみても――少なくとも話をしてみても良い気がしてくるが、一方で俺のような男に冷たくあしらわれても何度も来るのは裏があるからなのではないかと疑ってしまう。

そして、そんな疑念を抱いてしまった時点で、臆病な自分は一歩も踏み出せなくなってしまう。

「坊ちゃま、坊ちゃまが今までどれだけ苦しんできたのか私はよく知っております。人を信じる事の難しさもよくわかっているつもりです。でも、ずっとこのままではいけないのは坊ちゃまも感じておられるのでしょう？」

「……」

信頼できる使用人達のみとの生活。

その限られた使用人の中でも、本当に心の底から信じられて部屋にも入れる事が出来るのは、子供の頃からこの家に仕えてくれているこのバーニヤとジャルトだけだ。

そんな狭い俺の安全地帯。

そこはとても心地好いが、だからと言ってこのまま狭いだけの空間で生きていく事の難しさもよくわかっている。

わかっているからこそ、時々でも第六騎士団の団長としての仕事を引き受け、本当に信頼できるとまではいかなくても、それなりに関われる人を増やしたという事もある。

けれども、それだけではきっと足りないのだろう。

ジャルトやバーニヤは信頼できる存在ではあるが高齢だ。

考えたくもないが、いずれこの二人がいなくなったら……俺は心の底から信じられる者が誰もいなくなってしまう。

そうなれば、人と接する事なく部屋に一人でいる時間だけが唯一安心できる時間になるだろう。

俺としては、それはそれで良いような気もしているが、バーニヤやジャルトはそうなる事を酷く心配している。

彼ら曰く、俺は何だかんだ言って寂しがり屋だからだと。

だから、多くはなくても俺が本当に信頼できる、一緒にいて安らげる存在を、俺という存在に寄り添える存在を探そうとしている。

そんな事情があったからこそ、彼等はコリンナ嬢がこの屋敷に通い詰める事を認めた。

俺と仲違いした後も、何だかんだで俺との縁を繋ぎ直そうとしている。

俺からしたら、どうしたらそんなにこの屋敷の者からの信頼を得る事が出来るのだろうかと疑問にも感じるが……その一方で「彼女ならそうだろう」と納得している面もなくはない。

「坊ちゃま、人を信じて裏切られる事は辛《つら》い事です。けれど、信じず失う事も辛い事ですよ？」

「それは……」

……わかっている。

だって、いくら目を瞑ろうとしても、気付かないふりをしようとしても……やはり胸が痛むんだ。

ただ一日、彼女からのノックや声が聞こえないだけで、心に穴が開いているようなそんな侘《わび》しさを感じている自分がいるんだ。

だが、それと同じくらい、何度も頭の中にあの女と彼女が一緒にいる様子が映し出され、言いようのない苛立ちを覚える。

いや、この感情は苛立ちだけではないのかもしれない。

悲しみ……もありながらそれを見たくないと、その感情を彼女の存在ごと拒否し、怒りに置き換えているのかも……。

雁字搦《がんじがら》めの状態で一歩も動けない状態の中、それでも自分の感情と向き合うべく思考を巡らそうとしたその時。

コンコン……。

明らかにコリンナ嬢のものではない控えめなノックの音が室内に響く。

この叩き方はきっとジャルトだろう。

「入れ」

短く返答をすると、慣れた様子でジャルトが俺の部屋の中へと入ってくる。

それと同時に、空気を読んだバーニヤは口を噤み俺の背後に控える。

「失礼いたします」

「どうした」

やや困惑した表情で入室してきたジャルトに、俺はついつい訝しむように眉根を寄せる。

「あの、実はコリンナお嬢様の侍女であるミモリーさんが来ていまして、坊ちゃまにコリンナお嬢様からの伝言と……手紙を渡したいと言っておりまして」

ジャルトの伝えてきた要件に、更に眉間の皺が深くなる。

「コリンナ嬢ではなく、彼女の侍女だけか？」

「はい。しかも何やら慌てているようでして」

一体どうしたというのだろうか？

今の取り次ぎの話だけではまだ何もわからないが、何故か物凄く嫌な予感がする。

「……会おう。彼女は今何処に？」

「玄関でお待ちです」

俺は妙な胸騒ぎを感じつつ、部屋を出て玄関へと向かった。

10　ピンチです

「うぅ……」

ツキンッと突き抜けるような頭の痛みと共に意識を覚醒させた私が最初に見た物は、ワインレットの綺麗に磨き上げられたハイヒールだった。

「あぁ、やっとお目覚めになったのね。お先にお茶を頂いているわよ」

まるで歌うような軽やかな口調で話し掛けられ、一瞬自分の状況がわからなくなる。

えっと、確かお兄様に差し入れを持って行って、その後カルミア様と偶然お会いして……。

「っ‼」

ゆっくりと記憶を辿り、最後に何かカルミア様に薬を嗅がされて意識を失った事を思い出した瞬間、慌てて起き上がろうとする。

けれど、口に布を噛まされた上に、手足を縛られ床に転がされているようで、それは叶わなかった。

「あら、それじゃあお話できないわね。折角私と話をする為に来て下さったのに、それじゃあ申し訳ないわ。……アルク、口の布だけ取って差し上げて」

何とか体をモゾモゾと動かして彼女の顔が見える体勢になったところで、彼女は自身の背後に立っていたタジーク様と同じ年頃の侍従にそう命じた。

命じられたその侍従は表情一つ動かさず私に近付くと、手早く私の口の布を外し元の位置……カルミア様の後ろへと戻って行った。

「カルミア様、これは一体どういうことですか？」

床に転がされたままでは迫力も何もないと思いつつ、キッと彼女を睨みながら尋ねる。

この状況は明らかに異常だ。

これでただ話をする為に屋敷に招いたと言っても誰も信じはしない。

「フフフ……。私は貴女がタジーク様の事を知りたいと仰ったからお話しして差し上げようと思って連れて来ただけよ。まぁ、そのお礼として貴女にはタジーク様の人質になってもらおうと思っているけれど」

ニコニコと貴婦人らしい穏やかな笑みを浮かべたままとんでもない事を言い始める彼女の姿に、背筋に冷たいものが流れた。

「こ、こんな事をしてただで済むと思うの？」

ミモリーはタジーク様に私に何があったかを話しに行っている。

ついでにカルミア様の書いた手紙も渡したはずだ。

事態を知ればタジーク様は……。

そこまで考えたところでふと思考が止まる。

そうだ。事態を知ったとしても、きっとタジーク様は私を助けになんて来てはくれない。

少し前ならともかく、最近では顔を見せてもくれないし、扉越しに話し掛けても返事もしてくれない。

そんな相手の為に、危険を冒して助けに来るなんてありえない。

もしかしたら、正義感からそういう事件担当の騎士様に話だけはしに行ってくれるかもしれないけれど、きっとそこまでだ。

あ、ミモリーなら私の事を心配して色々やってくれるかもしれないけれど……どっちにしても、やっぱりタジーク様は動いてはくれなさそうだよね。

「もちろん、ただで済むわ。だって、きっとタジーク様は今回の件を表には出せないもの」

「え？　どういう事？」

自信満々に告げられた言葉に動揺する。

表に出せないという事は、通報もしてもらえないという事。

タジーク様自身の助けも期待できず、通報も期待できないとなれば……私はどうなる？

嫌な予感に背筋が凍る。

「あぁ、そうね。タジーク様は貴女にはまだ何も話してないのね。あの引きこもりのタジーク様が珍しく女性をデートに連れて行ったって聞いて、そんな特別な人なら、いい人質になるかと思って連れて来たけれど、これはあてが外れたかしら？」

頰に手を当てて「困ったわ」と首を傾げるカルミア様。

けれど、その言葉に私は更に混乱する。

「ちょっと、待って。意味がわからないわ。どういう事なの？　カルミア様はタジーク様の乳母だったんじゃ？」

タジーク様はカルミア様の事を確かに知っていた。

彼女の持っているネックレスの細密画も、でっちあげの為にわざわざ作るとは思えない。

でも、今回の行動は明らかにただの乳母がやるようなものではない。

たとえ、仲違いしたタジーク様に乳母として会いたいから呼び出す口実に私を利用しようとか、そういう理由があったとしても、ここまでくれば明らかに犯罪の領域に入る。

「ええ、私は間違いなくタジーク様の乳母だったわよ。タジーク様が十二歳の時に屋敷を追い出されるまでは彼に仕えていたわ。彼もとても私に懐いていて、信頼してくれていたのよ」

「……追い……出された？」

そういえば、彼女は行き違いで仲違いしたと言っていた。

でも、今の彼女のやっている事から考えると、それは本当に『行き違い』によって生じたものなのだろうか？

それとも……。

「……一体タジーク様に何をしたの？」

「別に彼には何もしてないわ」

「じゃあ、一体……」

しれっと否定された言葉に何か含みのようなものを感じて更に問い詰めると、彼女はニタリッと今まで見せたものとは異なるとても醜悪な笑みを浮かべた。

「私がしたのはちょっとした事よ。旦那様と奥様……あぁ、タジーク様のご両親の事ね。そのお二人の寝る前に飲まれる紅茶にうっかりよく眠れる薬を入れてしまったのと、うっかり隠し通路の入口の場所を知り合いに話してしまった事、そして、その通路の鍵をうっかり開けっ放しにしてしまった事ぐらいね」

「なっ！　そ、それってまさか……」

血の気が引いた。

彼女はまるで大した事ではないように話しているけれど、それはつまり誰かを屋敷に引き入れたという事。

そして、今までずっと気になりつつも聞けずにいた、一切話題に出る事のないタジーク様のご両親の話。

もし、タジーク様の両親がもう亡くなっているのだとすれば、それは……。

「も、もしかして、タジーク様のご両親は……」

恐ろしい予想に声が震える。

外れていてほしいと思いつつも、私の中ではもうその事はまるで事実であるかのように根付いている。

「あれはね、不幸な事故だったのよ？　本当は旦那様の持っていらっしゃる書類さえ手に入ればそれだけで良かったの。それなのに、薬でろくに動けない状態だったくせに抵抗するからうっかりね。あ、やったのは私じゃないわよ？　犯人は捕まる直前に自害してしまったからもうこの世にいないの」

ゆっくりと紅茶を啜《すす》りながら楽し気に話すカルミア様は、仕草はとても綺麗で淑女そのものなのに、私にはまるで化け物のように思えた。

怖い。

怖い。

怖い。

でも、それ以上に腹が立つ。

タジーク様から大切な人を奪う手助けをしたというだけで許しがたいのに、それを楽し気に語るのが更に許せない。

彼女の話が本当なら、タジーク様はご自分の乳母だったこの女性の事も大切に思い、信頼していたのだろう。

その信頼をまるでゴミか何かのように簡単に捨て去り、裏切り、彼に一生消えない傷を残した事が許せない。

腹が立つ。

腹が立つ。

腹が立つ。

それなのに、身動き一つ取れなくて何もすることが出来ない自分が悔しくてたまらなかった。

悔しくて、悔しくて自然と涙が出て来た。

「何故……何故……？　何で貴女のような人がこんな風にのうのうと暮らしているの？」

彼女は人殺しの片棒を担いでいる。

そんな人が何故何のお咎めもなく、今もこうして自由にしていられるのだろうか？

そんな事が許されて良いのだろうか？

悔しさの為、ギュッと唇を噛みしめるとうっすらと血の味がした。

「何故って簡単よ。だって、私が手引きしたなんて証拠、一つも出てこなかったんだもの。タジーク様やジャルト様、バーニヤ様は私の事を疑っていたようだけれど、証拠がなければ罪に問う事なんて出来ないでしょう？」

「そ、そんな……」

証拠がないなら捕まえられない。

理屈はわかるけれど、納得は出来ない。

そんな理由でタジーク様の両親を死に追いやったと楽し気に語るこの女が許されたなんて、あまりにも不条理すぎる。

「それに、当時はタジーク様もまだ十二歳だったからね。急にご両親を失いガーディナー家の跡を継ぐ事になったけれど、まだ上手く権力や人を使いこなす事なんて出来なかったのよ。さすがに怪しい所が有り過ぎて、当主の権限で何とでもなる乳母の仕事はクビになったけれど、それ以上の事なんて、まだ幼いタジーク様には何も出来なかったのよ。……お気の毒に」

クスクスと笑った後に憐れむような顔を作るカルミア様に激しい嫌悪感を抱く。

当時のタジーク様はどれほど悔しかっただろう？

目の前に自分の両親を死に追いやった裏切り者がいるのに、それを捕まえる事すら出来ず、屋敷から放逐するのが精一杯。

しかも相手にはちゃんと別に帰る場所もあるから困る事すらない。

きっと悔しかっただろう。

悲しかっただろう。

腹が立っただろう。

辛《つら》かっただろう。

不意に、タジーク様が私とカルミア様との繋がりを疑い責め立てた時の、激しい怒りや辛さを滲ませた表情が頭に浮かんだ。

彼にとって、カルミア様はまさにトラウマそのもの。

ううん。きっと今も終わる事なく続いている悪夢そのものなのだろう。

あぁ、彼が私に向けた言葉の意味がやっと理解できた。

彼にとって裏切りの象徴である彼女との接触は、それ自体が裏切りを疑わせるほどの許しがたい事だったのだろう。

彼はきっと私とカルミア様が繋がっていると思った瞬間、言いようのない恐怖に襲われたに違いない。

また両親を失った時のような悪夢がやってくるのかと。

そして……それは実際に起きてしまった。

ただ救いだったのは、今回彼から奪われる役目になったのは、私という彼にとっての疑惑の存在だ。

彼が大切に思っている人達ではない。

それだけが唯一救いと言えるのかもしれない。

「どうして、今更また彼を苦しめようとするんですか?」

もうきっと彼は十分苦しんだ。

本来なら一つの罪もないのにいっぱいいっぱい苦しんだのだ。

それなのに、何故また彼を苦しめようとするのだろう?

それが私にはわからなかった。

「別にタジーク様を苦しめたいわけじゃないのよ? 私はただ例の書類が欲しいだけ」

「で、でも、それはもう彼等から奪い取ったんじゃ……」

「奪えなかったのよ!」

カルミア様が急に苛立たし気に声を荒らげ、綺麗に整えられた爪を噛む。

その瞳からは、ついさっきまで見られた余裕がなくなっていた。

「失敗したのよ。偶然とはいえ旦那様が持っていると知ったあの日から欲しくて欲しくてたまらなかったあの書類。使い方によっては王家すら脅して好きなように動かせる効力を持った、とっても素敵な書類。売れば大金が手に入るし、交渉する時にはこちらが絶対的な優位に立てるだけの力があるそれを、あの時奪う事が出来なかったの」

悔しそうに話す彼女によれば、当時タジーク様の乳母として絶対的な信頼を勝ち取っていた彼女は、偶然とはいえ、タジーク様のお父上が隠して保管していたという王家の秘密が記された書類の存在を知ったようだ。

それさえあれば、王家を脅して自分の希望を叶えさせる事も、王家と対立している貴族に高額で売りつける事も出来ると考えた彼女は、密かに仲間を集めたり、その書類の在りかを探ったりして盗む為の準備を時間を掛けて行《おこな》っていたらしい。

そして計画を決行する事になったその日。

彼女の計画は途中までは上手くいっていた。

けれど、最後の最後でタジーク様の父君《ちちぎみ》である前当主が立ちはだかった。

彼女の事を信頼していたタジーク様のご両親は、疑う事無く薬入りの紅茶に口を付けていたが、味に違和感を感じた前当主は途中で飲むのをやめた。

量が少なかったとはいえ薬のせいで満足に動かない体で、盗みに入った賊と対峙。

自分の命と引き換えに、警備の人間が駆けつけるまで持ちこたえて何とかその書類を守り切ったらしい。

その後は、状況的に明らかに怪しかったカルミア様はガーディナー家から追放。

一度狙われ、当主夫妻が殺された事もあり、屋敷の警備が厳重になり中の様子を探る事すら出来なくなったらしい。

「私はずっとずっと、チャンスを狙っていたのよ？　けれど、あの事件が余程ショックだったのか、あれ以降タジーク様が人間不信の引きこもりになってしまった事で、あの方と顔見知りの人間以外は屋敷に滅多に入れなくなったの。それに彼がずっと屋敷にいるせいで、警備も屋敷内に集中する事になって、隙がなくなってしまった。折角の素敵な宝物がそこにあるとわかっているのに手に入らないなんて地獄だと思わない？」

大仰に嘆くカルミア様を睨み付ける。

本当の地獄はそれだけの辛《つら》い状況に耐えてきたタジーク様の方だ。

彼女の言う地獄なんて地獄とは言えない。ただ欲しいものが手に入らないと我儘を言っているだけに過ぎない。

「そんな中、現れたのが貴女という存在なの。あの人嫌いなタジーク様が貴女だけは屋敷に招き入れて、その上一緒に庭を散歩したり、遂にはデートまでした。これはもうお気に入りと言っても過言ではないでしょう？」

いいえ、思いっきり過言だと思います。

大体、私はタジーク様に屋敷に招き入れてもらった事はない。

自分で突撃していっただけだ。

庭を散歩したり、デートしたりもしたけれど、それらは全部私の我儘をタジーク様が受け入れてくれただけ。

彼が望んだ事ではない。

要するに、カルミア様が思っているよりずっとずっとわたしという存在はタジーク様の中で軽いはずだ。

助けに来てくれたら嬉しいけれど……期待は出来ないだろう。

カルミア様は先程、タジーク様は今回の件をきっと表には出さないと言っていたけれど、それもその通りになるだろう。

だって、今回の事件の発端であり今彼女に要求されている物は、どうやら表に出してはいけない王家の秘密に関する書類であるらしい。

何故そんなものがガーディナー家にあるのかはわからないけれど、下手に騒ぎ立ててその存在を表沙汰にしてしまったら、他の人に狙われたり王家を敵に回す可能性が高くなる。

それに、その危険を冒してミモリーやタジーク様が他の騎士様に私の捜索を依頼したとして、王家が圧力を掛けてその依頼を差し止めてしまう可能性もある。

どう転がっても、良い事は一つもない。

思い切ってやったところで誰も得せず無駄に場を掻きまわしてリスクを高めるだけの事を誰がするというのだろうか。

少なくとも、私だったらやらない。

そうなると、やはり唯一の希望はタジーク様という事になるんだけど、昨日までの彼の態度から考えてそちらもあまり期待できない。

ただ、そうなるとやっぱり私がここから生きて助け出される可能性は限りなく低いという事になってしまう。

多分、カルミア様もそう思っているから、本来なら知られたらまずい話も躊躇わずに、むしろ楽しそうにペラペラと話しているのだと思う。

「タジーク様、来て下さると良いですね」

あまりの望みの薄さに、思わず声まで平坦になっています。

「コリンナ様、そこは素直に愛しのタジーク様に助けを求めたら如何《いかが》？　そういった態度は女性として可愛くありませんわよ？」

「ご忠告有難うございます。けれど、タジーク様への思いは私の一方通行なので、きっと助けを求めても来て下さらないし、可愛いと思ってももらえないと思うので」

これを告げる事で死へと一歩近付く事はわかっている。

けれど、私は勇気を振り絞り、全力の強がりでニッコリと笑みを浮かべた。

だって、どうせ助かる望みが薄いのなら、私の大切な人を苦しませた女になんて負けずに笑顔で逝《い》きたい。

この女に……タジーク様から大切な人を奪ったこんな女に命乞いなんて絶対にしたくない。

怯えているところなんて見せてやるものか。

「……コリンナ様、正直なだけでは世の中生き残れませんのよ？」

「貴女みたいな醜く最低な人間として生き残るぐらいなら、潔く逝きますわ」

私がキッパリと言い切ると、カルミア様は明らかに気分を害したように表情を険しくした。

本当はせめて一矢報いたいところだけれど、田舎の貧乏令嬢に戦闘能力なんて皆無な上に、縛られている今の状況では何一つ出来ない。

非常に悔しいけれど、この程度の強がりが私の限界なのだ。

本当はさっきから震えが止まらないし、涙だって溢れ出しそうだ。いや、既にもう溢れている。

でも、最期《さいご》のその一瞬まで、私は彼女を睨むのをやめない。

そう決めたのだ。

「どうやら、本当に貴女は人質としての価値がなさそうね。非常に残念だけど、使えないなら仕方がないわ。処分する事にしましょう」

カルミア様が後ろに立つ従僕に視線を向けると、彼は一度お辞儀をした後、背後の壁に飾られていた剣を手に取り、鞘から引き抜きながら私の方へと歩いて来る。

ついつい恐怖からそちらに視線を向けそうになるのを意志の力で押し止《とど》め、ひたすらカルミア様を睨み続ける。

「これでまた新しく計画を練り直さないといけないわ。まぁ、今回は人質が人質として機能しないなんていう根本的な問題が生じていたのだから、計画ミスというやつね。次はもう少し使える女性が現れると良いのだけど……」

笑みを浮かべながら私を見つめるカルミア様を睨み続ける視線の端で、侍従の持つ剣が振り上げられたのが見えた。

あぁ、本当にもう終わりなんだ。

そんな事を思いながら、キュッと覚悟を決めるように唇を引き結んだ。

その時……。

ガッシャーン!!

大きな音と共に、部屋にあった大きな窓が派手に割れて何か大きな物が室内へと飛び込んできた。

「きゃぁぁ!!」

カルミア様の悲鳴がガラスの割れる音の向こうに微かに聞こえる。

私も小さな悲鳴を上げながら、降り注ぐガラスの破片から反射的に顔を守るようにカルミア様に向けていた視線を断ち切って蹲《うずくま》った。

それは一瞬の事で、顔を床側に向けて蹲っていた私には何が起こったのかわからなかった。

ただ割れたガラスが床に落ちる音の合間に、キンッ! という金属同士がぶつかり合ったような高い音と、ガッ! という砂袋を殴った時のような音が僅かに聞こえた。

一通りガラスが全て床に落ちたのを音で判断した後、恐る恐る顔を上げる。

初めに見えたのは、お兄様がよく着ている騎士服によく似た、けれど色の異なる濃い紫色をした騎士服に包まれた背中。

そして、すっかり見慣れてしまった、けれどここ暫くいくら恋しくても見る事の出来なかったプラチナブロンドの艶やかな髪。

後ろ姿ではあっても見間違えるわけない。

私が恋して求めて……来てくれないだろうと諦めていた愛しい人だもの。

「……タジーク様」

……来てくれた。

絶対に無理だと思っていたのに来てくれた。

そう思った瞬間、もう駄目だった。

今まで押しつぶされそうなほど感じていた恐怖と不安、それと何よりも大好きな人が私を助けに来てくれたという喜び。

それによって私の目からは一気に涙が溢れ出していた。

11　待ち人は来てくれました

「タジーク様、タジーク様、タジーク様！」

ボロボロと泣きながら、何度も来てくれないと思っていた想い人の名前を呼ぶ。

「……煩い。もう暫く静かにしててくれ」

私に背を向けたままチラッとこちらを見て、不機嫌そうに眉間に皺を寄せる。

来てくれた事が嬉し過ぎて、一気にテンションが上がってしまっていた私だけれど、彼の視線を浴びて今はそんな場合ではなかったと頷き口を閉じる。

気を付けつつ周囲を観察すれば、私を切り殺そうとしていたあの侍従は少し離れた所で倒れ伏し、彼の持っていた剣はその手を離れ、壁に突き刺さっていた。

派手に砕け散った窓ガラスの破片は周囲に散乱しているけれど、幸いな事に、比較的窓から離れた壁側にいた私の方まで飛んできている物はそう多くなかった。

しかし全くないわけではないから、未だに縛られた状態で思うように動けない私は、下手に暴れて余計な怪我を増やさないように大人しくしていた方が良さそうだ。

折角、タジーク様が来て下さったというのに、何もお役に立てず、むしろ足手まといにしかなれない自分が情けない。

「これはこれは、タジーク様。お久しぶりですこと」

タジーク様の突然の登場に驚き慌てた様子のカルミア様だったけれど、すぐに落ち着きを取り戻して笑みまで浮かべて挨拶をする。

そんなカルミア様にタジーク様が鋭い視線を向けた。

「……貴様は相変わらずのようだな」

怒りと憎しみを必死で噛み殺すように、唸るような低い声でタジーク様が返事をする。

そこにあるのは、あの日私に向けたのとは比べようのないほど、重く強い感情だった。

「お会いしとうございました。あの日、些細なすれ違いで嫌われてしまってから、会っても下さらず、お手紙にもお返事を下さらないのですもの。今回、偶然お知り合いになったコリンナ様に間を取り持っていただいたのですけれど……約束の場所とは違いますが、こうして来ていただけたのですもの、正解だったようですわね」

「なっ⁉」

カルミア様が突然歌うように語り出した、事実とは全く異なる内容に思わずギョッとしてしまう。

そんな私の反応にチラッと視線を向けてきたタジーク様に、慌てて全力で首を振ってみせた。

もし、万が一にもタジーク様にカルミア様とグルだったのではないかと疑われてしまったらと考えたら、一気に血の気が引いていくような気がした。

カルミア様の仲間と思われるのも嫌だし、タジーク様にこれ以上警戒されたり嫌われたりするのはもっと嫌だ。

涙目で首を振り続ける私を見て、タジーク様は少し呆れた様子で「わかっている」とでも言うように小さく頷いた。

「この状態で俺がそれを信じるとでも思っているのか？」

「昔のタジーク様でしたら信じて下さいましたでしょ？」

「……子供だったからな」

笑顔で楽し気に語るカルミア様に、タジーク様は苦々し気に答える。

この二人の会話を聞いただけで、彼等の間にとても親しくしていた時期がある事は容易に察する事が出来た。

真っ直ぐに慕い、信じ、共に楽しく過ごしていた時間。

しかし、彼女はそれを何の躊躇いもなく己の欲望の為に壊し、タジーク様から多くの大切なものを奪っていったのだ。

それはただの悪人が彼から大切なものを奪っていくよりも遥かに罪深い事のように私には思えた。

「それで、私のお願いした物は持ってきて下さったのでしょうか？　もしまだのようなら私の手の者にお屋敷に取りに行かせますけれど？」

まるで子供にお使いがちゃんと出来たか尋ねる母親のように優しい笑みで首を傾げるカルミア様に、嫌悪感と共に言いようのない恐怖のようなものを感じる。

この人はこの状況で何故ここまで余裕そうに振る舞う事が出来るのだろうか？

自分に付き従っていた従者はタジーク様に倒され、あっという間に意識を失い頼れない。

この部屋には私とタジーク様、そして彼女の三人のみ。

つまりは二対一で彼女の方が不利な状態のはずだ。

「持ってくるわけがないだろう？　何故お前に俺が従わなくてはいけない？」

不快そうにグッと眉間に皺を寄せるタジーク様に睨まれても、やはりカルミア様は笑みを浮かべるのみ。

「例の書類と彼女を交換だとお手紙で書きましたでしょう？」

「コリンナ嬢はもう取り返したが？」

「まぁ！　面白いご冗談を。ここは私の秘密のお城。この部屋以外の所には私の命令を聞いてくれる沢山の兵士がいるのですよ。ついでに言うと、貴方がここに向かった後、ちゃんとお使いをこなせているかを確認させる為の者も、ご自宅の方に待機させてありますからね。……ご自宅に伺って、貴方がちゃんと書類を持って出たか確認させる事なんて簡単なんですよ？　武力を使えばね」

「っ！」

カルミア様の言葉を聞いた瞬間、私は思わず喉の奥で小さく悲鳴を上げそうになるのを呑み込んだ。

言われてみればその通りだ。

私は薬で意識を奪われていたから、ここが何処かはわからないけれど、こうして彼女が主《あるじ》のように振る舞っているという事は、いわば敵のアジトというやつなのだろう。

私は目に見える人だけを意識していたから、こっちが圧倒的に有利だと思い込んでしまったが、よく考えればここにいるのが彼女とその従者だけという可能性の方が低いのだ。

要するに、この部屋を出た所には見えない敵がわんさかいるという事。

そしてこちらはと言えば……タジーク様と明らかにお荷物としか言えない私のみ。二対一だなんて何故思ったのか。

その上、タジーク様のご自宅の方にも彼女の手の者が行っていると考えると……。

最早、私達に逃げ道はない。

「タジーク様……」

もし可能であれば、お荷物の私を置いて、タジーク様だけでも逃げてほしい。

そして、ご自宅の方の守りを固めて、あの優しい使用人の皆を守ってほしい。

そんな気持ちを込めて彼の名前を呼んだ。

「……大丈夫だ」

不安に震えながら声を掛けた私に、彼はやはり呆れた顔をしたままそう短く告げた。

けれど、状況が大分見えてきた私にはその言葉が事実のようにはどうしても思えず、「どうしよう」という言葉だけが頭の中をグルグルと巡り続けていた。

「さて、どうなさいます？　お屋敷に常駐する護衛をこちらに連れて来ていれば、お屋敷の方の守りは手薄に、反対に置いてきていれば貴方はここから逃げる事も出来ない。結局、貴方は私が望む物を渡すしかないのですよ？」

まるで獲物をいたぶって楽しむ肉食獣のように、コロコロと笑いながら告げるカルミア様をギッと強く睨み付ける。

この人、本当に見た目に反して性格が悪い。

彼女の『ちょっとした行き違い』なんていう言葉を何故私は信じてしまったのだろう？

ミモリーにも警告されたし、タジーク様のあの過剰なまでの拒否反応を目の当たりにしていたというのに、何故もっと警戒し、拒否する事が出来なかったのだろう？

いくらタジーク様との仲がこじれて焦っていたとはいえ、あまりにも迂闊《うかつ》過ぎた。

過去の自分を殴って蹴ってけちょんけちょんにしてやりたい。

「貴様は何故、俺が一人だと思っている？」

タジーク様が片方の口角をクッと上げて不敵に笑う。

絶体絶命の状態のはずなのに、カルミア様同様、タジーク様にも余裕が感じられた。

私はその事を不思議に感じつつも、今の自分に出来る事は本当に危険な状態になったら自分を置いてタジーク様に逃げてほしいと伝える事ぐらいだと思い、無言でその様子を見ていた。

「何ですか？　虚勢のつもりですの？」

「いや、単純にお前のその自信は一体何処から来るのかと思ってな」

瞳に憎しみを宿しつつ「ククッ」と不敵に笑うタジーク様に、カルミア様もクスクスと笑い返す。

彼等の様子を見ても、私にはどちらが正しいのかなんて事はわからなかった。

「フフッ。私はずっとあの書類を手に入れる為に貴方の事を見張っていたのよ？　だから当然、貴方がずっと屋敷に引きこもっていて、騎士団長というのも名ばかりの立場。外界との接触もほとんど断っていた事も知ってるの」

ご両親の事があってから、ずっとずっと屋敷での引きこもり生活を送っていたタジーク様。

つい最近出会ったばかりの私は、他の人から聞いた話でしかその事を知る事はできない。

けれど、彼女の言う事が本当なら、彼女はその裏付けを長年かけて取ってきたのだろう。

きっとそれ以上に信じられる情報はない。

「屋敷の人員も、私の事で人を信じられなくなったので、かなり減らしたのでしょう？　屋敷に籠城してただ守りに徹するのには問題なくても、人員を割いて私の兵達を押さえ、彼女を守り、屋敷の守りも行うなんて事は出来ないはず」

「……」

ほんの少しの躊躇いもなく語られる彼女の言葉は、確かな自信に満ちていた。

それはもう、推測というよりも確信と言って良いだろう。

でも、彼がそのような立場に追いやられたのは……引きこもらざるを得ないほどの心の傷を負ったのは、確実に彼女のせいなのだ。

そう思うと、胸が苦しくてやるせない思いでいっぱいになる。

「その上、今回の発端は王家に関する表に出てはいけない裏書類。貴方がそれを持っている事がバレれば、王家を敵に回す。下手すれば貴方の命もないわよね？」

「そんな危険な物を手に入れて、お前はどうする気なんだ？」

私にはその書類とやらにどのような事が書かれているかはわからない。

けれど、王家を脅す事が出来るような代物だとすると、持っている事がバレた時点で完全にタジーク様の身は危険に晒される。

タジーク様としても、それは避けたい……いいえ、避けなくてはならない事だろう。

でも、だとしたら、彼は……彼のご両親は何故そんな物を持っていたのだろうか？

私だったら、即燃やすかあるべき所に返却する。

だって、命を危険に晒すような物、持っていたくないもの。

「私は大丈夫ですよ。だって、きちんとそれの使い道をわかっているもの。引きこもりの貴方と違い、それなりに必要な人間関係は築いているわ。危険な時に逃げ込む先も、助けて下さる高貴な味方もいるもの。それにその書類をお渡しすれば、褒賞を頂ける上に守っていただける手はずになっているの」

……つまり、彼女には既に頼りになる味方がいるという事か。

確かに私も少し話しただけだけれど、彼女の社交の力はかなり高いと思う。

今回私は人質というポジションだったから、彼女はすぐに本性を曝《さら》け出したけれど、きっと隠そう騙そうと思っていればもっと長い間彼女の意図に気付けず、掌の上で転がされていただろう。

これは私が騙されやすいという理由だけでなく、きっと彼女の能力の高さもあると思う。

だって、そうでなければ幼い頃のタジーク様や彼の家族、使用人達が彼女に信頼をおくはずがないのだから。

「でも、貴方は違うでしょう？　もし助けを求めるとすれば、貴方自身の味方になってくれる人や信頼のおける相手ではなく、騎士団や上官等といった貴方の秘密がバレたらまずい相手しかいない」

「随分と俺の事を侮《あなど》ってくれているんだな」

タジーク様の冷ややかな視線がカルミア様を捉える。

そんな反応で更なる確信を得たのか、彼女は意気揚々と語り出した。

「侮っているのではなく事実を言っているのですよ。私は貴方の教育係も兼ねた乳母ですもの。貴方の事はよくよく知っているのよ」

彼女の知っている彼の現状は『乳母だから』ではなく、彼の身の周りを常に調べていたから知りえた事なのは、今までの発言で明確だった。

それなのに『乳母だから』と言ったのは、タジーク様の神経を逆撫でする為に他ならない。

事実、彼は苛立ったようにギリッと音がするほど奥歯を噛みしめていた。

「……タジーク様」

私は小さな声でソッと彼の名前を呼ぶ。

本当は怒りと苦しさ……そして悲しみに耐えてカルミア様と対峙しているだろう彼を抱きしめてあげたかった。

彼とカルミア様の間に割って入って、彼の盾になってあげたかった。

しかし、縛り上げられたまま彼に庇われている私には、『私は貴方の味方だ』という思いを乗せて、名前を呼ぶくらいの事しか出来ない。

「結局、あの時から貴方は全く変わっていない。自ら立ち、守りたいものを守る力も助けを求められるだけの人脈も何も持たない子供だったあの頃と何も変わっていない。部屋に閉じこもる事で、成長の全てを止め、逃げ隠れするだけの存在。そうでしょう？」

勝ち誇ったように言い切ったカルミア様は、もうタジーク様に勝機は少しも残っていないと思っているのだろう。

タジーク様はそんな彼女を暫くジッと無言で見つめた後、小さく息を吐き、無意識の間に怒りで強張っていた体の力を抜いた。

そして、改めて挑むような視線を彼女に向ける。

その視線は、私には彼女の言うような弱く頼りない存在にはとても思えないものだった。

……彼は今、自分が長年抱え続けてきた心の闇と戦っている。

否。きっと私がずっと通い続けたあの扉の向こう、彼の城である自室に籠っている間もずっと戦い続けていたんだろう。

だからこそ、今の彼はこんなにも……強い。

「変わっていないのは貴様の方だろう？　あの時と全く変わる事なく、狡猾で卑怯で……醜い」

「まぁ、どうやら口だけは悪くなったようですね。昔のタジーク様はそれは素直で可愛らしかったのに、残念ですわ」

頬に手を当てて眉尻を下げるその様子は、一見すると本当に残念がっているように見える。

しかし、明らかにこちらを挑発するものだった。

「お前に残念がられるという事は、それはとても良い事だという意味だな」

負けじとタジーク様もカルミア様を馬鹿にするように鼻で笑う。

言葉だけの応酬。

互いに互いの様子を窺い、実際には全く戦況が動かない時間。

タジーク様もカルミア様も口調には余裕があるのに、その場を占める空気は張り詰めていた。

何か一つ変化があるだけで、一気に状況が変わる。

そんな時間がどれぐらい続いただろうか？

変化を呼び込んだのは、この部屋に唯一ある扉をノックする音だった。

……コンッコンッ。

控えめだけれど、しっかりと耳に届く程度の音量を持ったそれが部屋に響く。

「カルミア様、ニューゼンです。入室してもよろしいでしょうか」

続いて聞こえたのは比較的若い印象の男性の声。

おそらく、十代後半から二十代前半ぐらいだろう。

その声を聞いた瞬間、私はビクリッと体を震わせ、カルミア様は何処かホッとしたような満足げな笑みを浮かべた。

「タジーク様、久しぶりの会話を終えなくてはならないのは非常に残念ですが、どうやらタイムアップのようですわ」

スッと立ち上がったカルミア様が会話の終了を告げる。

その様子を見て、私はやっと彼女は自分の部下がこの状況に気付くまでの時間稼ぎをしていたのだという事に気付いた。

よく考えればすぐにわかる事だった。

いくら彼女がこの屋敷やタジーク様の屋敷の周辺に戦力を持っていたとしても、この部屋には私達三人……と気絶して使い物にならない侍従一人しかいない。

タジーク様がご自身の被害を顧みず、彼女の命を奪う事にだけ重きを置いたとしたら、彼女の命は確実に奪われる。

だって、彼女の命を守るべき盾は既に床に伸びているのだから。

だから、彼女は会話を続けつつ、仲間を呼ぶチャンスを待っていた。

仲間さえ来れば彼女の勝利は確実。

タジーク様一人で対処できる人数は限られている上に、私というお荷物がいるのだからそれは明白だ。

……何故もっと早くタジーク様に逃げていただくように言えなかったのだろう?

更なる窮地が目の前に迫った時、私が後悔したのはその一点だけだった。

もちろん、自分が死ぬのは怖い。

けれど、あれだけ迷惑を掛け、嫌われていたのにこうして助けに来てくれた彼の恩に報いたかった。

「タ、タジーク様。ど、どうか逃げて……」

もっときっぱりとした口調で、笑顔で言えれば良かったのに、私の声と体は震え、強張った笑みしか浮かべる事が出来なかった。

「何を言っている？　逃げる理由など何処にもない」

私を見下ろしてきっぱりとした口調で告げるタジーク様は、こんな時でも凛としていてほんの少しの怯えも見せなかった。

「フフフ……。愛しい女性を前に強がるなんて、その点については少しは成長したようで良うございました。まぁ……、もうこれで終わりなのですけれどね」

カルミア様はそう告げると、パッと扉に視線を向けて口を開いた。

「ニューゼン！　タジークが来たわ！　さっさと捕まえなさい!!」

声を張り上げて告げるその言葉は、私には死刑宣告のようだった。

「タジーク様……」

弱い私には何も出来ない。

けれど、せめて一太刀だけでもこの身で受け止め、彼を守れれば……。

そんな私には似合わない後ろ向きな気持ちを抱え、少しでも彼に近付く為に身を捩《よじ》った。

「……全く、君は本当にジッとしていられないんだな」

そんな呆れを含んだいつもの苦笑で私を見下ろしたタジーク様が、ゆったりとした動作で腰に下げていた剣を引き抜き、私の傍らに膝をついた。

そして、その剣であっという間に縄を切り、私の拘束を解き、立ち上がらせる。

「タジーク様、このような事をしている間にでもお逃げ下さい！」

彼の状況にそぐわないのんびりした動作に軽い苛立ちを感じつつ、声を張り上げる。

「……だから、逃げる理由などないと言っている」

眉間に皺を寄せ、まるで困った生徒に言い聞かせるかのように彼が言ったその時、ガチャッという音を立てて、部屋の扉が開いた。

タジーク様ものんびりだけど、どうやらカルミア様の手下ものんびりした人らしい。

その扉の開閉音は、主《あるじ》が侵入者を捕らえろと命じた後とはとても思えないほど、ゆったりとしている。

「それじゃあ、失礼しますよ～」

「ほら、さっさとそいつらを捕まえなさい」

間延びした口調で入室を告げた赤毛の男は、特に警戒した様子もなく軽い足取りで室内に入ってくる。

その手には……。

「あ、貴方、何をしているの‼　それはゴルンワークでしょ⁉」

彼が摑んでいたのは自分の体の一・五倍はありそうな大男。

その大男は既に意識を失っており、赤毛の男に襟首を摑まれ引きずられている状態だった。

当然のように、自分の味方が自分を守る為に急いで入って来るものだと思っていたカルミア様は、目を見開き驚いた表情を浮かべた直後、顔を真っ赤にして赤毛の男に対して怒鳴り始める。

「喧嘩をするなら後になさい！　今はそれより仕事が優先のはずよ。何の為にお金を払っていると思っているのよ」

苛立ったように扇を握り締めた両手に力を籠める。

ミシッという小さな音が聞こえはしたが、カルミア様の非力な手ではそれ以上力を籠める事は出来なかったようだ。

……これが私だったら、扇は間違いなく真っ二つになっていただろう。

こう見えても、私は実家でそれなりに力の必要な仕事もしてきたから、腕力はそれなりにあるのだ。

いや、今はそんな事はどうでもいい。

重要なのは大男を引きずって来たこの赤髪の男だ。

「へいへい。じゃあ、ちゃんとお仕事させていただきますよ、……ボス」

高めの声で怒鳴りつけるカルミア様に対して、耳を掘りながら心底面倒くさそうに答える赤毛の男。

そんな彼の視線が一瞬タジーク様に向いた気がした。

しかし、その視線は私が予想していたような敵対する相手に向けるものではなくて……。

「よっと」

赤毛の男は大男の体を軽く前へと投げ捨て、腰に巻いていた紫の上着を取る。

あの色、何処かで見たような……。

そんな事を考えている内に、赤毛の男はバッと上着を広げて袖を通した。

「……あっ‼」

驚きに思わず声を上げてしまった。

カルミア様の目も、これ以上開かないんじゃないかと思うほど、見開かれている。

そんな中で、唯一タジーク様だけが一切動じる事なく、当然の事のように静かに場の流れを眺めていた。

「ガーディナー団長、無事にこの屋敷及び、隊長のご自宅周辺でうろちょろしていた破落戸《ごろつき》の制圧、終了いたしました～。だからお家《うち》に帰らせて下さ～い。これから、ミランダちゃんとのデートの予定が入っているんすよ」

右手の拳で左の胸を軽く叩く、騎士団特有の敬礼をビシッと決めつつ、相変わらずの間延びしたやる気のなさそうな口調でその男はタジーク様に向かって報告を行った。

「……ご苦労」

タジーク様は眉間に皺を寄せ、軽く片眉を上げて文句を言いたそうな表情をしていたけれど、敢えて何も触れず男に応えていた。

「なっ……なっ……なっ……」

目の前で繰り広げられる光景が信じられない様子のカルミア様は、赤毛の男を指差して何度も口をパクパクさせつつも、次の言葉が出てこないようだった。

「悪いね、今まで何年も貢《給料》いで貰ってたのに。でも、俺、既にボスに飼われている飼い犬なんだわ。

余所で餌貰って程よく尻尾振って見せても、ボスの命令の方が優先なのよ」

カルミア様の様子を見て、ニヤッと笑った赤毛の男。

それを見て、自分が何年も雇っていると思っていた男に騙されていたという事実に気付いたカルミア様の目が、大きく見開かれる。

「……どうやら、貴様の予想は大きく外れたようだな」

眩暈《めまい》でも起こしたかのように、体をフラッとさせその場に力なく座り込んだカルミア様。

ずっと赤毛の男に向けられていた視線が、今までにない怯えの色を含みつつタジーク様へと向けられる。

「な……何故？　貴方が助けを求める事なんて出来ないはずでしょ？」

自分が信じていた事実が大きく変わった事が受け入れられない様子のカルミア様は、呆然とした様子でタジーク様を見上げる。

「これでも俺は第六騎士団の団長だからな」

私を背後に庇いつつ、タジーク様がゆっくりとした動作でカルミア様へと近づいていく。

それに合わせて、彼女は逃げ場を求めるように周囲を見回してたじろいだ。

「だ、第六騎士団なんてただの実体のない名誉騎士団でしょ？　貴方が動かせる武力なんてないはず……」

「貴様が知っていた事の全てが事実とは限らないだろ？」

座り込むカルミア様のすぐ手前で足を止めたタジーク様が軽く首を傾げる。

まるで、何故そんな簡単な事もわからないのだ？　と咎めるような仕草だった。

「で、でも、貴方だってアレの存在を知られたらまずいのでしょう？　そうでしょう？」

「……さぁ、どうだろうな」

まるでその事実に縋るように必死な様子で同意を求めるカルミア様に、タジーク様はニヤッと意地の悪い笑みを浮かべた。

形勢逆転。

今度はタジーク様がカルミア様を追い詰める。

「わ、私には、味方がいるのよ？　それも貴方より余程地位の高いお方が」

「あぁ、知っている。そのせいで今まで手間取っていたからな」

カルミア様が未だに名前すら口にしていない、背後に控えている高位貴族の存在を匂わされても、タジーク様は全て承知しているとでもいうように一切動揺する様子を見せない。

「困る事になるのは貴方なのよ、タジーク様」

「別に俺は困らない。困らないように……今度こそ確実に貴様とその後ろにいる奴を捕えられるように準備してきたからな」

「……え？」

カルミア様が再び驚きに目を見開く。

タジーク様がまるで急に異国の言葉を話し始めたかのように、彼女は理解できないとでも言いたげな表情をしていた。

「な、何を……。貴方はただご両親の死を受け入れられなくて引きこもっていただけでしょう？」

「敵を欺《あざむ》くにはまず味方から。……父上と母上が亡くなってからのこの数年間、準備をしていたのは貴様だけではなかったという事だ」

「そ、そんな……」

カルミア様が信じていた事が全て目の前で跡形もなく崩れ落ちた瞬間だった。

ガックリと項垂れるカルミア様を見下ろし、背後で「団長〜、早くして下さいよ〜」と不満を口にしている赤毛の男にタジーク様が命じる。

「ニューゼン、カルミア・ウルーバを王家への反逆の疑い及び、子爵令嬢誘拐の罪で捕縛しろ」

「了解っす」

赤毛の男——ニューゼンと呼ばれたタジーク様の部下が自分の足元に転がしてあった大男を跨《また》いでこちらに来て、手早くカルミア様を捕える。

こうなってしまえば、ただのか弱い婦人でしかないカルミア様は抵抗する事すらままならない。

腕を摑まれた瞬間、嫌がるように身を捩ったが、逃げられないと察すると項垂れたままニューゼン様に腕を縛られ、促されるままその場を退出していった。

カルミア様が部屋を出た後、いつの間にか部屋の前に待機していた他の紫の騎士服の男性が部屋に入ってきて残りの伸びているカルミア様の部下達も連れていく。

最後、部屋に残ったのは私とタジーク様の二人だけ。

「……タジーク様？」

ニューゼン様にカルミア様が連れていかれ、誰もいなくなった足元の空間をジッと無言で見つめ佇むタジーク様。

「……やっと終わった」

その瞳には目まぐるしいほど色々な感情が駆け巡っていた。

彼はずっとカルミア・ウルーバを憎んでいた。

憎んでいたのに捕まえる事が出来ず、のうのうと普通に生活を送っていた彼女の存在を感じ続けていた。

そんな終わる事のない悪夢が遂に終わったのだ。

今、彼の胸にはどのような思いがあるのだろうか？

田舎の領地で父母と兄達に守られ、のんびりと暮らしていた私には到底想像が付かなかった。

ただ、目の前に佇む彼の姿は『嬉しい』という感情一つでは表せない、とても不安定なもののように思えて、つい不安を感じてしまい、確かめるように彼の名を呼びその腕に手を添えた。

「……コリンナ嬢」

何処か虚《うつ》ろささえ感じさせた彼の目が、しっかりと焦点を結び私に向けられる。

その事に、何故かとてもホッとした。

「タジーク様、ご迷惑をお掛けしてすみません。助けに来て下さって、本当に有難うございます」

ホッした瞬間、彼の腕に添えていた手が震えている事に気付いた。

私は怖かった。

……そう、怖かったのだ。

その事に改めて気付いた瞬間、ポロリッと涙が零れ落ちた。

「……」

つい縋るように彼の騎士服の腕の部分を握り締めてしまった私の手をジッと見つめた後、タジーク様は少し躊躇いがちに私を抱きしめる。

「いや、俺が悪かった。あんなに真っ直ぐに俺に感情を向けてくれていた君を信じられず、追い詰め、不安にさせた」

まるで懺悔《ざんげ》するように告げられた言葉に、私は彼の胸に額を押し付けるように強く抱き付きながら首を何度も振った。

今なら何故彼が私に対してあのような態度を取ったのかよく理解できた。

無作為に人を疑い、感情をぶつける事は決して良い事ではないけれど、彼がそうならざるを得なかった理由はもうわかっているのだ。

だから、私はそんな彼を含めて全て受け入れている。

彼を責める気など少しもない。

「今回の事も、君は単純に巻き込まれただけだ。……悪いのは俺だ」

「それは違います！　悪いのは、こんな事を引き起こしたカルミア様です。タジーク様は被害者です‼」

何かに耐えるように眉間に皺を寄せ、表情を暗くしたタジーク様を見上げ、必死で首を振る。

「いや、俺はまた過《あやま》ちを犯し、大切な事を見落とし、大切なものを失うところだった」

私を見下ろすタジーク様の顔が今にも泣き出しそうにクシャリと歪む。

それは、両親を突然奪われてから一人悲しみに耐え続けていた、子供の頃の彼が悲鳴を上げているかのような表情だった。

「タジーク様、大丈夫です。今回は何も失っていません。貴方は頑張って、やり遂げたのです」

彼の事情はまだはっきりと理解は出来ていないけれど、引きこもりのように過ごしていた彼が裏で必死で足掻き、頑張っていた事は、さっきのやり取りだけでも十分伝わってきた。

そして、その結果が今日のカルミア様捕縛と、私の救出に繋がったという事もわかっている。

「俺は……俺は……」

私の肩口に頭を寄せ、呟く彼の背を私はそっと撫でた。

幼い日に、お母様が泣いている私を宥めて下さった時のように、そっと何度も。


どれぐらいの間そうしていただろうか？

途中から無言になったタジーク様を、それでも私は抱き締めそっと背を撫で続けていた。

「……俺は」

そんな中、やっと落ち着いたのかゆっくりと私の肩から顔を上げた彼がジッと何かを探るような、警戒するような視線で私を見下ろす。

その口調は、今までの意味のない呟きとは違い、言うべき言葉をしっかりと見つけたような、はっきりとした口調だった。

私は、そんな彼に真摯に向き合うべく彼と視線を重ねる。

「俺は……君を信じていいのだろうか？」

どんな重大な事を言われるのかと身構えていた私は、その言葉にキョトンと目を丸くしてしまった。

……意味がわからない。

そう思ったのは一瞬だった。

次の瞬間には、大切な人に裏切られ、一部の人しか信じられなくなった彼がようやく伝えてくれた、その言葉の重さを感じ、背筋が伸びるのを感じた。

けれど、私の答えなんてもう既に決まっている。

それこそ、彼と出会ったその瞬間から決まっていたのだ。

「もちろんです！　私はタジーク様が大好きなんです。だから、日々のちょっとした嘘……例えば料理を失敗した事を誤魔化すとかそういうのは吐《つ》くかもしれないですけれど、貴方を裏切るような事はしません！　……だって、好きな人を裏切って嫌われるなんて絶対に嫌ですから」

満面の笑みでそう答える。

敢えて、『嘘は吐かない』なんて事は言わなかった。

私だって家族にもミモリーにも小さな嘘なら吐く事があるもの。

大概……というか、ほぼ全部バレるけれど、それでも嘘を吐く事には変わりない。

ここで『嘘を吐かない』と言えば、それこそが『嘘』になるのだ。

折角私を信じようとしてくれているタジーク様に、そんな事はしたくない。

「……嘘は吐くのか？」

「小さな嘘ぐらい誰でも吐くでしょう？　まぁ、私の場合は嘘を吐いてもバレない事の方がまれですけど」

「まぁ、君の場合はそうだろうな」

唇を尖らせて告げると、タジーク様は苦笑した。

「良いんですよ。人を傷付けたり裏切るような嘘じゃなければ」

ブツブツと呟くように告げた言葉は、何処か言い訳めいていたけれど、事実私はそう思っているのだから仕方ない。

だって、嘘を一切吐かなかったら誕生日のサプライズだって出来ないし、お世辞も言えない。人間関係だってきっと円滑にいかなくなるもの。必要な嘘だってあると思うの。

「……まぁ、それもそうか」

私の返答を聞いていたタジーク様は何処か肩の力が抜けたような様子で、今まで見た事のないほど穏やかな表情を浮かべていた。

それから私達は、お互いに向き合ったまま小さな笑みを交わした。

その後、不意にタジーク様の表情が真剣なものへと変わる。

「コリンナ嬢、君は秘密を守れるか？」

「もちろん、タジーク様が望むのであれば」

間髪いれず答えた私に、タジーク様の視線が「本当に大丈夫か？」と疑うようなものになったけれど、私が慌てて「本当です！」と何度も頷くと何とか納得して下さった。

「君に……。君に聞いてほしい事がある。ただし、これを聞いたら君は逃げられなくなる。それでも聞いてくれるかい？」

「はい、もちろんです！　タジーク様が秘密を打ち明けて下さる。こんな光栄な事はありません」

真剣な表情で何度も頷く私に、やはりタジーク様は何処か心配そうな様子を見せたけれど、結局は「本当に絶対外に漏らすなよ」と釘を刺すだけに留《とど》めてくれた。

「ならば、場所を移そう。いつまでもここにいるのは気分が悪い。それに、屋敷では君の侍女が心配して今にも飛び出そうとしているからな。早めに元気な姿を見せてやった方が良いだろう」

「ミモリーが？」

そうか。私について来たいというのを無理矢理タジーク様の所に送ったしね。

すぐ追うって言ってくれていたけれど、この感じだとカルミア様の手紙で事情を知ったタジーク様が保護してくれているに違いない。

ミモリーが駆けつけてきて危険な目に遭わなくて良かった。

「君の危機を知って、すぐに君の許へと行くと言って聞かないのを、ジャルト達に無理矢理押さえてもらっている。……君は主《あるじ》思いの良い侍女を持ったな」

「はい！　ミモリーはちょっとアレなところもあるんですけど、私にとって最高の侍女なんです‼」

いつも一緒にいるミモリーの顔を思い浮かべて、フッと力が抜けた私は笑顔でそう宣言する。

「そういう事でしたら、早く帰りましょう。……私も今は少し引きこもりたい気分です」

本当の意味での引きこもりではないけれど、今は安全な場所に引きこもって少しのんびりしたい気分だ。

もちろん、タジーク様の話も聞きたいしね。

「ならば帰ろう。我が屋敷へ」

「はい！」

それから私は、タジーク様に守られるようにソッと肩を抱かれ、ミモリーが待つお屋敷へと彼の乗って来た馬車で向かったのだった。

エピローグ　自宅警備隊は思ったより大変なお仕事でした

カルミア様に誘拐されてから一週間後、私はタジーク様のお屋敷にある彼の部屋に初めて足を踏み入れていた。

「ここがタジーク様のお部屋……」

ずっと扉の前までは通っていたけれど、一度も中には入れてもらえなかった彼の部屋は落ち着いた雰囲気の本棚が立ち並ぶ部屋だった。

中央奥には執務机らしき重厚感のある木の机。

その手前には応接セットの成れの果てであろう、簡易ベッド化したソファーと本が積み上げられたテーブルが置いてある。

執務机の両脇には一つずつ扉があり、彼の話によると片方が寝室、片方が簡易的なお風呂と洗面所になっているらしい。

足の踏み場がないというほどではないけれど、明らかに人を招き入れられるような状態ではない。けれど、そんな何処か雑然とした印象を受ける室内も、タジーク様の部屋だと思うととても特別な場所のように感じられた。

「座ってくれ」

そう言って促されたのは、彼の簡易ベッド化されたソファーの向かいにあるもう一つのソファー。

元々はそこにも本が積まれていたのだと思うけれど、私を座らせる為にか、今は不自然に人一人座れる分のスペースだけ本が退《の》けられていた。

私はタジーク様の部屋に招き入れていただけた事に感動しつつ、指定された席に座り彼に向き直る。

「……さて、何から話をしようか」

そう呟いた後、彼は何かを考えるように虚空を見上げた。


あの日、カルミア様に連れて行かれた屋敷からタジーク様の屋敷に戻った私は、着くなりミモリーの襲撃を受けた。

普段は何処か冷めた雰囲気のある彼女が、目尻に涙を浮かべ私をギュウギュウと抱きしめて離さなかったのだ。

その様子に意外さを感じつつも、彼女の私を思ってくれる気持ちと、それだけ心配させてしまったのだという事実を痛感させられた。

屋敷に残っていたジャルトさんやバーニヤさんの話によると、ミモリーは駆け込むようにタジーク様に手紙を渡し事情を話した後、即座に屋敷を出て私の許に駆け付けようとしたらしい。

……タジーク様のお屋敷にあった箒《ほうき》を片手に。

そのあまりの剣幕に驚き固まってしまっていたタジーク様含む屋敷の人達だったが、カルミア様の危険性をお屋敷の人達はとてもよく理解していた為、飛び出して行こうとするミモリーを慌てて止めたそうだ。

その時、もみ合いになり、何人かの使用人がミモリーに引っ掻かれたらしいけれど……後日、手作りのお菓子をくれれば良いと言われた為、ミモリーと一緒にお菓子を持って行って許してもらったので良しとしよう。

ともあれ一先ず、カルミア様からの手紙を見てみようという事になり、タジーク様が手紙を読み、事態が発覚。

タジーク様が大急ぎで王宮に行き、部下を集めて対処に向かおうとする中、一緒に私を助けに行くと訴えるミモリーを宥めたのはバーニヤさんだった。

実際、ミモリーは護衛を兼ねた侍女……なんてものではなく、ただの侍女でしかない。

もちろん、戦闘能力なんて皆無だ。

大体、武器代わりに箒を手にしている時点で、どの程度戦えるのかなんて簡単に予想が出来る。

きっと勝てて、野良猫や野犬くらいだろう。

バーニヤさんに、戦闘力を持たない者が付いて行ったところで邪魔になり、更に私を危険に晒しかねないと諭され、不承不承お留守番をする事になったようだ。

そして、屋敷でずっと私を待っていてくれたのだけれど、彼女はその間ずっと私の事を心配し、落ち着かない様子で同じ場所を行ったり来たりして過ごしていたらしい。

そして結局、そこまで不安にさせてしまったミモリーを放置する事も出来ず、私自身もくたくたになってしまっていた為、その日はタジーク様のお話を聞くのを諦め、迎えに来て下さったお兄様に連れられ、馬車でお兄様の家まで帰った。

ゆっくり休んで、体力が回復したところで、いざ話をと思ったのだけれど、今度はタジーク様があの事件の事後処理に追われる毎日。

もう引きこもり騎士の汚名を返上したのではないかと思うほど、朝から晩まで王宮に行き働いているらしく、なかなか会えない日々が続いた。

そして、一週間経ってやっと、彼と話をする時間が取れたのだ。


今、この部屋には私とタジーク様以外誰もいない。

秘密を私にだけ打ち明けたい、部屋には私以外入れたくないと彼が望んだ為、ミモリーにも一階で待っていてもらうようにお願いしたのだ。

本来、未婚の貴族令嬢としては殿方と二人きりになるのは好ましくないけれど、ここは信頼できる人を厳選したタジーク様のお屋敷だ。

私達が口を滑らせさえしなければ、外にバレる事もないだろう。

こうして彼の部屋で向かい合って座る事になった私達。

そんな中、彼は暫く思案をした後、ゆっくりとその重い口を開き、過去の辛《つら》い出来事から現在に至るまでの話を、国家機密も含めて語ってくれたのだ。

……そう『国家機密』も含めて。

「要するに、タジーク様のご両親が持っていて、現在タジーク様が保管しているというその書類は、王家から預かっている物という事ですか?」

あまりの重大性に、若干頭を混乱させつつも必死で話を整理して確認する。

「まぁ、そういう事になるな。それが王家から賜《たまわ》った我が家の役割だからな」

話の途中で、バーニヤさんが持って来てくれた紅茶を優雅に飲みつつ、タジーク様がサラッと答える。

タジーク様の話によると、カルミア様が狙っていた王家の秘密が書かれた書類というのは、ガーディナー家が王家から命を懸けて守るようにとの密命を受けて代々守り続けてきたものらしい。

あまりにも話が大き過ぎて、私にはいまいちよくわからなかったのだけれど、王家やそれに連なる貴族達には、国の安寧を守る為に表立てる事が出来なかった密約や裏の歴史というものがそれなりに存在するらしい。

例えば、劇的な恋愛の末、敵国の王子と結ばれ妊娠し結婚せざるを得なくなった王女を敵国へと送り届ける旅の途中、賊に襲われ亡くなった事にして別の場所に匿《かくま》っていた等がそれにあたる。

私はその逸話について、表の話しか知らなかったから、ラブロマンスの果ての悲劇だと思っていたが、実際は『劇的な恋愛』というのは敵国の王子の策略で、王女を落として人質として自分の許に来ざるを得ない状況を作る為に演出されたものだったとタジーク様に教えられた時はちょっとショックだった。

まぁ、とにかく、要するに国を運営していく為には必要だけれど、それが表沙汰になれば人心が乱れたり他の問題を呼び込む可能性のある事件の記録や契約書をタジーク様の一族が代々陰で守り、管理してきたらしい。

これらの書類が、何故王宮で保管されていないかというと、王宮はあまりに多くの人が出入りしておりスパイも多く潜んでいる事、機密書類だからと厳重に保管すればするほど反対に狙われやすくなると考えた為、王家が信頼を置ける忠臣の何人かに密命としてその保管を任せたらしい。

私からしたら、そんな面倒な書類や記録など、さっさと破棄してしまえば良いのではないかと思うが、どうやらそうもいかないようだ。

国家間の裏取引であれば、互いがその取引を認めたという証拠を残さないと裏切りに遭った時に問題になる。貴族との間での取引も同様だ。

記録についても、表沙汰になるとまずい情報でも何処かに残しておかないと、トラブルになった時に確認する事が出来ない。先程の王女様の話が良い例だ。

匿うまでは良くても、そこに王家の血筋が残っている事が記録として残っていなければ、彼女の子孫に王家の特徴が出た時に、事情を確認する事が出来ず、いらぬトラブルを招く可能性だってある。

この書類の保管役は、一応は世襲制にはなっているが、当主が次代に役目を任せる事が出来ないと判断した場合は、他の家に役目を託したりする事もあり、タジーク様が亡くなったお父上から役目を引き継ぐ事になった時も、同じ役目を持つ他の家から、ガーディナー家の預かっている書類を引き受けようかという提案があったらしい。

……別にタジーク様が信頼がおけないというわけではなく、単純に役目を引き継ぐにはまだ幼く、それが重荷にならないか心配されての事だ。

「俺は十歳の時に、父からガーディナー家の裏の役割について教えられた。そして、その重要性についても。だから、父が役目を立派に果たして書類を守り切ったのを知り、その心を引き継ぐべきだと思ったんだ」

「……タジーク様」

ギュッと両手を組んで握り締めるタジーク様の様子に、父親を亡くしたばかりで途方に暮れつつも決意を固めた子供の頃の彼の姿を見た気がした。

「まぁ、両親を失ってすぐの頃、引きこもりになっていたのは事実だ。信じていた乳母が裏切り両親が死ぬ切っ掛けを作った。けれど、両親の死によりまともな当主引き継ぎ作業もしていないまま家を継ぐ事になった俺には、何の力もなくあいつを捕まえる事も出来なかった。その上、親戚の一部は甘い言葉を吐きつつ俺から当主の権限を奪おうとしていた。人を信じられなくなっていたし、人と接する事に疲れていたんだ」

たった十二歳の男の子にそれだけの出来事が一気に起これば、引きこもりにもなるだろう。

私だったら逃げ出していたかもしれない。

引きこもりという形でも、そこに留《とど》まる事を選択したタジーク様は偉いと思う。

「そして何より俺にのし掛かってきたのは、父が命がけで守った物を俺自身が守り切らないといけないというプレッシャーだった」

タジーク様がおもむろに立ち上がり、本棚に向かって歩き始める。

それに倣《なら》って立ち上がろうと腰を浮かすと手で制された為、私は座ったまま彼の行動を見守った。

彼の手が一定の規則性を持って本棚に入れられた本を動かしていく。

とても複雑な動きで私が覚える事は難しそうだ。

彼が何度か手を動かした後、動きを止めると何処からかキィという小さな物音が聞こえた。

それから反対の壁側にある寝室に続くという部屋の扉を開く。

そして、中には入らず扉を開けてすぐの天井に手を伸ばした。

何度か天井の一部分を指でスライドさせると小さな鍵穴が出てきて、彼はそこに自分の首から下げていた鍵を取り出し差し入れる。

「っ‼」

鍵を回すと、ガチャリッという小さな音と共に、天井の一部分が下へと降りて来た。

そしてそこには、古びた紙の束が積み重ねられていた。

中には今主流になっている植物から作り出された紙ではなく、羊皮紙も交ざっているようだった。

「父が命がけで守った物がここにある。そう思うと、俺は自分の知らない内にそれが奪われるのではないかと怖くなり、この部屋を出られなくなった。文字通り、俺はここで自宅警備をする事にしたんだ」

彼はまるで両親を悼《いた》むようにそっと切なそうな顔でその紙の束を撫でている。

ただ国家機密だからという理由だけではなく、彼にとってそれは両親の……祖先の命の重みを表す物なのだと思う。

「……タジーク様、そんな重大な秘密を私に教えてしまってよろしかったのですか？」

正直、タジーク様の行《おこな》った手順をしっかりと記憶し再現するだけの能力は私にはない。

けれど、きっと頭の良い人だったら、そういった事も出来るだろう。

つまり、それだけ危険性を伴う告白だったという事だ。

それくらいは私にもわかる。

……わかるからこそ、手が震えるのと同時に心が大きく揺さぶられた。

「もちろん……駄目だろうな」

「えっ？」

自分で告白しておいて、まさかの『駄目だろう』発言。

いけないのに何故そのような事をやってのけたのだろうか、このお方は。

意味がわからず混乱していると、タジーク様が手早く書類の入っていた隠し棚を元の位置に戻して私の方へと歩いてくる。

そして、私の前に立ち……跪《ひざまず》いた。

「本来、書類の在りかは一族の血が流れる者以外では、伴侶にしか教える事が許されないとされている」

「は、伴侶？」

言葉の意味は理解できているはずなのに、混乱していて彼が何を言っているのか頭に入ってこない。

戸惑い固まっている内に、彼が私の手をそっと握った。

「そうだ。だから……秘密を知ってしまった君はもう、俺の妻になるしかない」

そっと持ち上げられた私の指先に、彼が唇を落とす。

上目遣いに見つめられたその紫水晶のような瞳は、あのパーティーの日、私を捉えて離さなかったものと同じもの。

なのに、あの時とは比べ物にならないほどの熱量を孕《はら》んでいた。

そういえば、今日は珍しく屋敷にいるのに身支度がしっかりとしているなぁなんてどうでも良い事が頭を過ぎった。

「えっと、あの……わ、私……」

ずっと望んでいたものがすぐ目の前にある。

他でもない、タジーク様自身が私の望んでいたもの……彼の妻という地位を差し出してくれている。

嬉しくて嬉しくて涙が溢れて止まらないのに、顔は真っ赤だし、心臓がバクバクと激しく鳴り過ぎて口から飛び出しそうで声が上手く出せない。

彼も私の返事なんてとうの昔にわかっているはずなのに、私がしっかりと言葉にするのを待っているのか、ジッと見つめたまま動かない。

彼に握られていない方の手で胸を押さえてゆっくりと深呼吸をする。

何度か繰り返して、少し落ち着いたところで彼に視線を向けた。

「ほ、本当に私で良いんですか？」

声は情けないくらい震えていたけれど、それぐらいは許してほしい。

「……君くらいしか、引きこもりで臆病な俺の相手は出来ないだろう？」

「タジーク様は臆病なんかじゃありません‼」

タジーク様の自分を卑下する言葉が気に入らなくて反射的に文句を言えば、思っていたよりも声が大きくなってしまった。

そんな私に、彼はいつもの呆れたような苦笑を浮かべる。

「それでもきっと俺は君ぐらい素直で単純で隠し事が出来ないタイプじゃないと信じる事が出来ないんだ」

「……それ、褒めてます？」

何となく、もっと素敵な言葉が貰えると思っていた私は、思わずジトッと彼を見てしまう。

「もちろん、褒めている。最高の褒め言葉だ」

「……」

何か納得がいかない。

まぁでも、彼にとってはとても重要なポイントなのかもしれない。

それならば、彼の事が好きな私にも悪い事ではないのは確かだろう。

「また、誰かに騙されるかもしれませんよ？」

「その点は少し気を付けてほしいが……その分、俺が警戒するから大丈夫だ。それに、君にはしっかり者のミモリーもついているだろう？」

「今、ちょっとミモリーを頼ろうとしましたね？」

「……」

黙秘された。

でも、私自身もミモリーを頼りにしている部分があるから彼の事を一方的に責める事も出来ない。

それに、きっとミモリーは私が結婚する事になっても付いて来てくれる。

前にそんな事を言っていた気がするから、多分大丈夫だ。

「……俺も昔と違って、きちんと誰かを守れるだけの地位も人脈も築いている」

彼の言っているのはきっと騎士団や信頼できる使用人達、そしてお兄様の所の団長様のような存在の事だろう。

第六騎士団は元々、表向きは『名誉騎士団』なんていう全く活動していない貴族の坊ちゃん向けの名前だけの騎士団だけど、その本質は隠密行動がメインなんだそうだ。

何人かカムフラージュの為に本当にやる気のない使えない騎士も雇ってはいるが、その大多数が実は隠密活動をしやすいように、『職場にほとんど来ないやる気のないダメな奴』を演じているだけらしい。

タジーク様が当主の仕事にも慣れ、使用人達の支えもあり徐々に引きこもりから立ち直り始めた頃、お兄様の所の団長様が突然家に来て、タジーク様に第六騎士団長を務めるように勧めたのだそうだ。

団長様はタジーク様のお父上の友人で、タジーク様の事もよく知っており、ずっと気に掛けてくれていたらしい。

そこで、彼が自分の役割をしっかり全うしようとしてるのを知り、それが出来るだけの地位や人脈を築けるように、国王様にも掛け合って今の地位に推挙してくれたのだそうだ。

まぁ、元々第六騎士団長の地位に就く人を探していた時に、丁度引きこもりという都合の良い状態だったタジーク様がいたから声を掛けたという面もあるようだけれど。

もちろん、その権力をむやみやたらに私用で使う事は出来ないだろうけれど、彼や妻となる私が危険に晒される可能性が一番高いのは王家から託されているその書類を巡っての事だろうから、それを守る為にという事であれば特に問題はないのだろう。

「もし、それでも危険な状態であれば……一緒に自宅警備をすればいい」

要するに一緒に引きこもっていれば、安全性は確保しやすいと。

何だかタジーク様らしい理論で思わず笑ってしまった。

「危険な時はそれで良いですけど……私はタジーク様とデートをまたしたいので、問題がない時には部屋や家から引きずり出しますよ？」

「………………ほどほどに頼む。人混みは苦手だ」

「周囲に気を張り巡らせるから？」

「そうだ。これはもう癖になっているからそうそう治らない」

ムスリとした表情ではあるけれど、即座に拒否をしないあたり、少しは譲ってくれる気があるようだ。

全く外に出てこない頃の彼の事を思うと、もう別人なんじゃないかぐらいの譲歩だと思う。

「タジーク様！」

「……何だ？」

「大好きです‼　私と結婚して下さい‼」

「っ‼」

未だに私の前で膝をついているタジーク様に、私は勢い良く飛びついた。

あれだけ頑なだったタジーク様が私に対して心を開いてくれた。

そう思ったら、もう彼を好きだという気持ちが爆発してしまって、どうしようもなくなった。

まだまだ問題は山積みかもしれないけれど、好きな人に選んでもらえたのだ。

私はいくらでも頑張れる。

「たくっ、危ないだろう」

私の勢いに押されて、少しバランスを崩しかけるけれど、それでもしっかりと受け止めてくれた彼に対して、私は満面の笑みで頬に口付けた。

「っ！　淑女がそういう事を自らするもんじゃない‼」

私の暴挙に驚いたように目を見開いたタジーク様が、眉間に皺を寄せ仏頂面になる。

しかし、その耳は少し赤みを帯びていて、照れているのは一目瞭然だった。

「……自らじゃなければ良いんですか？」

「そういう問題じゃ……全く君は……」

タジーク様が何か文句を言おうとしていたけれど、聞こえないふりをして彼に向けて少し顔を上向けて目を閉じる。

私の好きな恋愛小説の最後はいつもこんな風に終わっていたはずだ。

それにずっと憧れていた。

期待と羞恥に顔を赤らめつつ、彼の反応を待つ。

彼が戸惑うように身じろぎしているのは、彼の首に回した私の腕から伝わる振動でよくわかった。

もしかしたら、いつもみたいに怒られて終わるかもしれない。

そんな諦め半分の気持ちで彼を待っていると、「ハァ……」という深い溜息の後、唇に柔らかく温かいものが一瞬だけ触れた。

「……っ！」

自分でせがんだ事なのに、実際のその感触に驚き瞼を開け、唇を両手で押さえる。

目の前には耳どころか顔全体を真っ赤に染めたタジーク様が、そっぽを向いて折角整えてあった前髪をグシャリと握りしめていた。

眉間に皺を寄せ、気まずそうに口をきつく閉じているその姿はいつもの格好良い姿とは異なり、少し可愛いとすら思えた。

暫く、無言の時間が過ぎる。

私はタジーク様の姿をジッと見つめ、彼はこっちを向こうとしない。

視線は合わないのに、この瞬間が何よりも幸せだった。

「……今度、オルセウス殿に礼を言わないといけないな」

「え？」

諦めの滲んだ深い溜息と共にそんな言葉がタジーク様の口から零れ落ちた。

私は突然の事に意味がわからず首を傾げる。

タジーク様がチラッと私の方を見た。

……あ、目が合った。

「余計なお節介だと思っていたが、彼の紹介でこうして伴侶を得る事になってしまった。礼の一つぐらいはしないといけないだろう？」

「あっ！　でしたら、私も一緒にお礼を言います。いっぱいいっぱいお礼をします‼」

彼の言葉の意味がやっと理解できた。

そして、それが私にも関係ある事だとわかると、笑顔で何度も頷いた。

「全く。これでオルセウス殿にはまた頭が上がらなくなる」

「そういえば、タジーク様の引きこもり緩和の立役者も団長様なんですよね？」

タジーク様を気に掛け、タジーク様が役目を全うし自分を守れるように力を貸したのは団長様だ。

よく考えるとそのお陰で、今の私も無事でいられるのかもしれない。

そして何より、私をタジーク様に出会わせてくれた。

団長様は私達の恩人だ。

「私、いっぱいお菓子を作ります。それを持ってお礼に行きましょう？」

「オルセウス殿なら菓子より酒だろうな。まぁ、奥方やご令嬢は喜ぶだろうから、作って行けばオルセウス殿も喜ぶだろうけど」

「初めての運命の共同作業ですね！」

「オルセウス殿へのお礼がか？　……それは何だか微妙だな」

顔を顰《しか》めたタジーク様と顔を見合わせる。

「フフ……」

「ハハ……」

いつしか私達はお互いの顔を見つつ笑い始めていた。

きっと、ここからが本当のスタートだ。

彼と開いた扉の先には、今までの守られた平穏はないかもしれない。

けれど、大変な事もある分、楽しい事もいっぱいあるだろう。

一緒に笑って泣いて、時には喧嘩をするのも良いに違いない。

だって、それらは狭い部屋に一人で引きこもっていては絶対に得る事の出来ない経験なのだから。

そして、その先にある未来がどうか明るいものでありますように。

番外編　引きこもりとのお付き合いの仕方は？

「……コリンナ嬢、それは一体何だ？」

タジーク様との婚約が決まってから暫くした後、私はいつものようにタジーク様のお屋敷……というか、部屋を訪問していた。

ただ、今日はいつもの訪問とは一味違う。

何故なら……。

「タジーク様がお部屋から出るのが苦手そうなので、お部屋でピクニックをしようと思い、準備をして来ました‼」

私の手には、早朝からミモリーに手伝ってもらい――いや、私がミモリーの手伝いをした、の方が正しいかもしれないけど――とにかく、私も手を出して作った愛情たっぷりのお弁当が詰まったバスケットがある。

そして、私の背後にはガーディナー家の使用人の皆さんにお願いして馬車から運んでもらった、ピクニック道具が並んでいる。

「いや待て！　百歩譲って部屋でピクニックまでは目を瞑ろう。だが、そのピクニックの準備というのに、何故大量の観葉植物や植木鉢が含まれているんだ⁉」

タジーク様が大声で文句を言い、指差したピクニック道具の……観葉植物や小さな草花が植わっている大量の植木鉢へと視線を向ける。

私としてはピクニックの必需品だと思って持って来たが、タジーク様だけでなくガーディナー家の使用人の皆さんも、顔を背け口元を押さえて笑いを堪《こら》えていたり苦笑いをしている。何故だろう？

「ピクニックと言えば、草花の香りを嗅ぎながら木漏れ日の下でお弁当を食べたり、のんびりしたりするのが定番かと思いまして。少しでもその気分を味わえるように用意して来たのですが……。あ、流石に芝生は床が汚れるかと思い、自重しました」

「それは良かった……じゃない！　芝生を室内に持ち込む事を検討するな！　そして、こんな大量の観葉植物や植木鉢を俺の部屋に持ち込もうとするな‼」

どうやら、タジーク様の部屋を草原風にアレンジする事は駄目だったらしい。

名案だと思ったんだけどなぁ。……ミモリーには止められたけど。

チラッと背後でピクニックに使う敷物等をまとめて入れた籠《かご》を持って立っているミモリーに視線を向けると、「ほら見た事か」と言わんばかりの呆れを含んだ視線を向けられた。

うぅ、だって思い付いた時には良い案だと思ったんだもん。

「私、タジーク様に少しでも外の空気を味わっていただきたくて……」

思いの外、反応が良くない事にしょんぼりしながらも、今日の趣旨をモニョモニョと伝える。

タジーク様はそんな私の様子を見て「あ〜も〜‼」と頭をガシガシ掻いた後、部屋の中へと戻って行ってしまった。

もしかして、完璧に呆れられてしまって今日はもう会ってもらえないのだろうか？

タジーク様は宿敵であり一番警戒していた相手でもあるカルミア様が捕まった後も、引きこもり……もとい自宅警備隊を継続している。

彼女がいなくなった事で、以前より警備を緩める事が——つまり部屋や家から出る事が出来るようになったにもかかわらず、その生活はあまり変わっていない。

どうやら長年の自宅警備の弊害か、引きこもる事に慣れ過ぎてしまって、外に出たいという意欲がかなり損なわれてしまっているようだ。

そんな引きこもりが完全に板についている彼は、基本的に頑固で閉じ籠ると決めたら梃子《てこ》でも動かない。

婚約者である私に対する態度は比較的甘い方だけれど、それでも機嫌を損ねるとその日は部屋から出てきてくれず、私が扉に向かって話し掛け続けるはめになる。

折角、気合を入れて早朝から準備をしてきたというのに、今日はもうこのまま扉前待機か。

そう思うと、無性に悲しくなってついつい俯いてしまう。

「……タジーク様ぁ」

涙交じりの声で、扉に向かい彼の名前を呼んだ。

ガチャッ。

まるで私の呼びかけに応えるように、目の前の扉が開く。

「何をしている。行くぞ」

部屋から出て来た彼は、さっきまでの完璧引きこもりモードの格好から休日の騎士様モードの格好へとチェンジしていた。

予想外の事にポカンッと口を開けたまま、彼を見つめる私。

別に彼の格好良さに見惚れていたわけではない。

驚いて固まっていただけだ。

見惚れてなんて……ちょっとしかしていない。

「えっと……あの……」

状況が掴めず、オロオロしている私の前で、彼が屋敷の使用人達に何やら指示を出している。

観葉植物や鉢植えは……あ、一つを残して全部撤去ですか。

どうやら、温室や屋敷の至る所に飾られる事になったらしい。

量が多かった為、一部は希望者を募って屋敷の使用人さん達にプレゼントされるようだ。

うん、有効活用してもらえる上に、使用人さん達に喜んでもらえるのは嬉しい。

良かった、良かった。

って、そうじゃない！

今は目の前のタジーク様の行動の方が重要なのだ。

「タジーク様、行くというのは？」

やっと少し頭が回るようになってきた私は、恐る恐るタジーク様に尋ねる。

「ピクニックに行きたかったのだろう？　別に俺は外に行けないわけではない。人混みは癖で周囲を警戒してしまって疲れるが、ピクニックで行くような人のいない草原や森、泉のほとり等には普通に行ける」

「なっ！」

それは盲点だった。

あ、でもよく考えれば、タジーク様はお庭の散歩とかは普通に付き合ってくれる。

以前は嫌がっていたけれど、あれは私を拒絶する為であって、婚約者になってからは頼めば普通に庭を散歩したりテーブルを出して一緒に庭でお茶をしたりもしている。

要するに、この観葉植物達は必要なかったというわけだ。

「丁度、この屋敷の裏側に小さな林があって、そこに泉もある。景色もそこそこだし、今日は急で用意も出来ていないからそこで良いだろう？」

「はい‼」

タジーク様の提案に私は元気良く返事をした。

＊＊＊

タジーク様の仰る通り、屋敷の裏側には林……というほどではないかもしれないけれど、木々の生い茂る場所が存在した。

タジーク様の屋敷がある辺りは、王都の中ではあるが比較的古くから王家に仕え、王都に土地を貰っている貴族達の屋敷がある地域だ。

まだ土地がたくさんある時期に住み始めた事もあり、それぞれの家の保有している土地はかなり広い。

その為、屋敷の周辺にもかなり広い庭を有しており、その一部が林のような状態になっている家も多いのだ。

まぁ、林と言っても保有する敷地内にある事には変わりないから、我が家の近くにある本物の林や森とは違い、景観を意識して更に散歩もしやすいように整備されているようだけど。

そんな林という名の庭をガーディナー家もどうやら保有していたらしく、私は今、その中をタジーク様の愛馬に乗って走っている。

そんな私の後ろには、手綱《たづな》を華麗に捌《さば》くタジーク様。

真剣な表情と、見事に愛馬を乗りこなすそのお姿が本当に格好良い。

まるで騎士様みたいだ。

……あ、騎士様だった。しかも騎士団長だったわ。

「ここだ」

馬を走らせる事、数分。

ほとんど時間が掛からずについたそこは、小さな泉があるとても静かで綺麗な場所だった。

「わぁ、素敵な所ですね！」

「そうだろう？　誰も来ないように言って、一人で静かで昼寝をするには丁度良い」

……どうやらタジーク様はお外でも引きこもり状態をキープされていたようです。

「今日は私もいますよ？」

「知っている」

『一人で静かに昼寝』という言葉に、思わず不安になって告げると、タジーク様は小さく笑って私の頭を撫でる。

その手の感触が本当に心地好い。

「それじゃあ、ここでピクニックですね！」

タジーク様が馬で私だけを連れて行ってくれると言った事もあり、ここにはガーディナー家の使用人どころかミモリーすらいない。

完璧に二人だけだ。

だから、私は自分自身でピクニックの用意をするべく、張り切ってタジーク様の愛馬に括り付けていた荷物を取り外……そうとして、上手く外せずタジーク様に取ってもらった。

「敷物を敷くのは……あそこにしましょう!!」

敷物やお弁当の入ったバスケットを手にした状態で、ひと際大きく綺麗な葉を生い茂らせている木の根元を指差す。

その木があるせいか、その木の周りはあまり他の木や敷物を敷くのに邪魔になるような物がない。

泉とも程良い距離で、景色を眺められるが濡れる心配もない感じだ。

「……」

その場所を見てタジーク様が何とも言えない表情をした。

「どうかされましたか？」

「いや、君が選んだ場所が俺のお気に入りの昼寝場所だったんでな」

「まぁ！　私達、気が合いますね‼」

タジーク様の表情が気になって尋ねると、そんな嬉しい返答が返ってくる。

こんな風にお互いの趣味が似てきたり、互いの好みを知りながら一緒に過ごしていければ、きっと幸せだ。

そんな事を考えると自然と頬に熱が集まり、口元が緩む。

「しまりのない顔をしているぞ？」

そう言って私の手から荷物を攫《さら》って歩き出したタジーク様の耳が、僅かに赤くなっているように感じたのは、泉から反射する光が見せた幻だろうか？

そんな風にして始まった私とタジーク様のピクニックデート。

うん、これはお出かけだし『デート』と言って良いだろう。

観葉植物を置いたり敷物を敷いて床に座ったりして、結局いつも通りタジーク様の部屋内で過ごすつもりだったのに、これは嬉しい誤算だ。

「お弁当、お口に合いましたか？」

敷物の上にバスケットから取り出して並べた料理の数々。

ピクニックを意識して作った料理だったから、サンドイッチ等、手で簡単に摘まめる物が主だ。

そんな手軽に食べられる形態にしてあったせいか、食べ始めてからはあっという間にタジーク様の口の中に消えて行った。

私が自分で食べる用の物はきちんと確保できていたし、元々タジーク様に食べてほしくて頑張った物だから、私としては嬉しいけれど、でも感想も何も言われずに黙々と食べられると、やはり味の感想が気になってくる。

ほとんどミモリー監修で作ったお弁当だから、不味いという事はないと思うけれど……。

「ん？　あぁ、美味かったよ」

「本当ですか⁉　嬉しい‼」

タジーク様から頂いたお褒めの言葉が嬉しくて、つい手を叩いてはしゃいでしまう。

タジーク様は私のその様子を見て、驚いたように目を丸くしてから、まるで何か眩しいものでも見るかのように目を細めた。

「コリンナ嬢」

「何ですか？」

食事を終え、食べ終えた物の片付けをしているご機嫌な私に、タジーク様が声を掛ける。

彼の方から呼び掛けてくれる事は、実は意外と珍しいから、ちょっと嬉しくなりつつ振り返る。

すると、思いの外、真剣な表情のタジーク様と視線が合った。

「何というか……俺は引きこもりで一人で過ごす時間が今までとても長かった」

突然語り始めたタジーク様の言葉の意図がいまいちわからず首を傾げる。

ジッと見つめながら話を聞く私に気まずくなったのか、タジーク様が視線を逸らす。

「……だから、人と接する事に慣れていない」

「そうですね。でもそこは私が頑張ってフォローするんで‼」

言いたい事の意味はわからないけれど、少しタジーク様が落ち込んでいるような気がして、励ますように明るくそう宣言する、彼は苦笑いを浮かべた。

「フォロー……まぁ、フォローになるのかもしれないが……君に頼みがある」

「何でしょうか？」

タジーク様が私に頼み事なんて珍しい。

婚約破棄してくれ以外なら、私に持てる力の全てをもって、出来る限り叶えられるように努力してみせましょう！

そんな思いで、力強く何度も頷いていると、彼に手招きされた。

不思議に思いつつも膝をついた状態のまま近付いて行くと、まるで子供にするかのように脇に手を入れて軽く持ち上げられ、座っている彼に背を向ける形で足の間に座らされた。

「ちょっ！　タジーク様⁉」

持ち上げられたのにも驚いたけれど、背後から抱き締められるように座らされた事にも驚いて、顔を真っ赤にしつつも、裏返った声で彼の名前を呼ぶ。

慌てて振り返ろうとしたけれど、ギュッと後ろから強く抱きしめられ振り返る事が出来なかった。

彼が今どんな表情をしているのか、何を考えているのかがとても気になるけれど、身を捩ろうとしてみても、引きこもりとはいえ一応現役の騎士でもあるタジーク様相手では、その拘束から逃れる事は出来ない。

仕方なく、彼の温もりをその身にしっかりと感じつつ、俯きがちに次の言葉を待った。

「俺は一人でいる事が長過ぎて、人を気遣ったり、人に何かを伝えるという事が頭から抜け落ちやすい。さっきも、君に言われるまでは、『美味しい』という言葉を伝える意識すらなかった」

少し反省しているかのようなその口調に、段々と彼が何を言いたいのかがわかってきたような気がする。

「仕事や社交の時、客に会う時には常に気を張って意識しているから、そういう事も言えなくはないが、やはり抜ける事は多い。家で本来の自分らしく振る舞っている時には余計にそうだ」

タジーク様は早くにご両親を失い、信頼できる人も少なく、一日のほとんどを一人で過ごしてこられた。

だから、家族で住んでいれば当たり前に口にするような言葉や気遣いが、意識していないときっと抜けてしまうのだろう。

ずっとそれをする相手がいなかったのだから、習慣として身に付いていないのは当然だ。

「最近気付いたのだが、君が客から身内に変わった事で、ついその悪い癖が出やすくなっているように思う」

「なるほど。それはつまり、タジーク様が私の前だと素でいられるようになってきたという事ですね！」

普通にやり取りするのが当たり前の『美味しい』とか『嬉しい』とか、そういう言葉や、身内同士で息をするように交わされる挨拶等が貰えないのは確かに寂しいけれど、そんな理由があるとするならば、それはきっと喜ぶべき変化だ。

今は、彼が素でいられる事で抜けてしまっているやり取りだけれど、彼がそれを言えないなら私がその分、沢山彼に伝えていけば良い。

そうしている内に、もしかしたら彼も自然とそういう言葉が言えるようになるかもしれないし。

「間違っていないが、俺のその悪い癖のせいで君に我慢をさせるのは違うと思う。だから……もし気付いた事があったり、俺に言ってほしい言葉やしてほしい事があったら躊躇わずに言ってほしい」

「え？　それって言ったらしてもらえるって事ですか？」

タジーク様のとても素晴らしい申し出に、私のテンションが一気に上がる。

「……まぁ、出来る事……俺がやっても良いと思った事ならな」

私の声で、何を言われるのか不安になったのか、タジーク様の声が躊躇いを帯びる。

それでも、その言葉を撤回しないあたり、きっと彼がそれを本心から望んでいるという事だろう。

以前の彼からしたら想像も付かないようなそんな歩み寄りが私を喜ばせ、大胆にもさせていく。

「あの、タジーク様、それって今でも良いですか？」

「……何かあるのか？」

突然の願い出に、やや警戒している様子のタジーク様。

それでもやはり、私の言いたい事を尋ねてはくれるらしい。

「折角、こんなに素敵な所で二回目のデートが出来たんです。……思い出が欲しいなぁなんて」

「思い出？」

「……キス……とか？」

心臓が爆発しそうなほどドキドキと暴れている。

顔もきっと真っ赤だ。

彼からの申し出に浮かれているとはいえ、やはり恥ずかしいものは恥ずかしい。

「……」

「……やっぱり駄目でしょうか？」

いくら希望を言っても良いと言われはしても、最初からこれではしたないだろうか？

呆れられてしまったのではないかと、不安を感じつつまだ熱が抜けない顔で、首だけ捻って何とか彼の顔を見ようとする。

すると、その時……。

……チュッ。

頬を包み込むように引き寄せられたかと思った瞬間訪れた、唇に触れる温かく湿った感触。

驚いて目を見開く私の視界には、私の大好きな人の顔のアップ。

一瞬の出来事に息をするのも忘れて固まっていると、私の顔を引き寄せていた手が離れ、今度は逆から押されて正面を向かされる。

「……これで良いか？」

「…………はい。有難うございます」

もう顔というか全身から湯気が出そうなほど熱くなった私は、両手で顔を覆い、俯いて小さくそう返す事しか出来なかった。

あぁ、引きこもりの憧れの騎士様が、ここまで私に近付いてくれた。

何て幸せな日々だろう。

憧れの騎士様は自宅警備隊!?
お見合いしたら相手が色々こじらせていました

著者　しき
© SHIKI

2021年5月5日　初版発行

発行人　神永泰宏

発行所　株式会社 J パブリッシング
〒102-0073　東京都千代田区九段北3-2-5 5F
TEL 03-3288-7907　FAX03-3288-7880

製版　サンシン企画

印刷所　中央精版印刷株式会社

定価はカバーに表示してあります。
万一、乱丁・落丁本がございましたら小社までお送り下さい。
本書のコピー、スキャン、デジタル化等の無断複製は著作権法上の例外を除き
禁じられています。

ISBN:978-4-86669-389-7
Printed in JAPAN